近代文学叢書Ⅴ

すぽっとらいと

酒

目次

イントロダクション

酒

五冊目のすぽっとらいと。今回は「お酒」が登場する十五作品を編纂しました。

写真撮影には虹色社の近所にあります『Bar Assist』さんにご協力をいただきました。（ありがとうございました）

仕事が終わりますと、皆でこちらへお邪魔する日もあります。笑顔がすてきなオーナーとのおしゃべりも楽しく、おいしい時間を過ごせるのが魅力です。たまたま隣の席に座っている「初めまして」の人と、そこから始まる交流もうれしい。わたしはお酒に強くないので少しだけ、ゆっくり一杯やりながら、という時間が好きです。ひとくち味わうごとに気持ちと心がほぐれてゆくような、ゆるりとした時間。

普段は言えないようなことも話せたり意外な一面を見つけたり、関係性が豊かになるような楽しいお酒はいいですね。

しかし、呑みすぎて羽目をはずしてしまうことも……「すみません、昨日は呑みすぎてしまいました」なんて時は、お互いに笑い飛ばしてしまいましょう。（わたしは、まだありませんが）

今回、『すぽっとらいと　酒』に載せた作品はいいお酒ばかりではありません。貧しさを感じるものや事件もの、また、ゾクッとするような作品も選びました。

幸田露伴の『太郎坊』ではお猪口について語られていますね。酒器に寄り添う秘めた思い出を肴に呑むお酒は、どのような味わいだったのでしょう。そして壊れてしまったお猪口について語る夫の思慕と追憶に、妻が思いやりの言葉をかける美しさ。そのやりとりから、大切な思い出を胸に人は今とこれからを大切にできるのではないだろうか。と、露伴を（若干）意識した感想を胸に刻みます。

いろいろな物語を読んで、「お酒」にはなぜかそこにあってほしいと感じる不思議な存在感があることに気づきました。

そっと寄り添い、痛みや悲哀を和らげてくれるような存在感。それは、物語の中だけでなく人生にも。

皆さまはどんなお話がお好きでしょうか。

どんな「お酒」の登場の仕方がお好みでしょうか。

わたくしから最後にお願いでございます。

呑みすぎて依存してしまったり体を壊したりしませんよう、くれぐれもご用心くださいませ。

どうか、楽しいお酒を。

近代文学叢書　編集長　なみ

酒の情景

ELIJAH
CRAIG

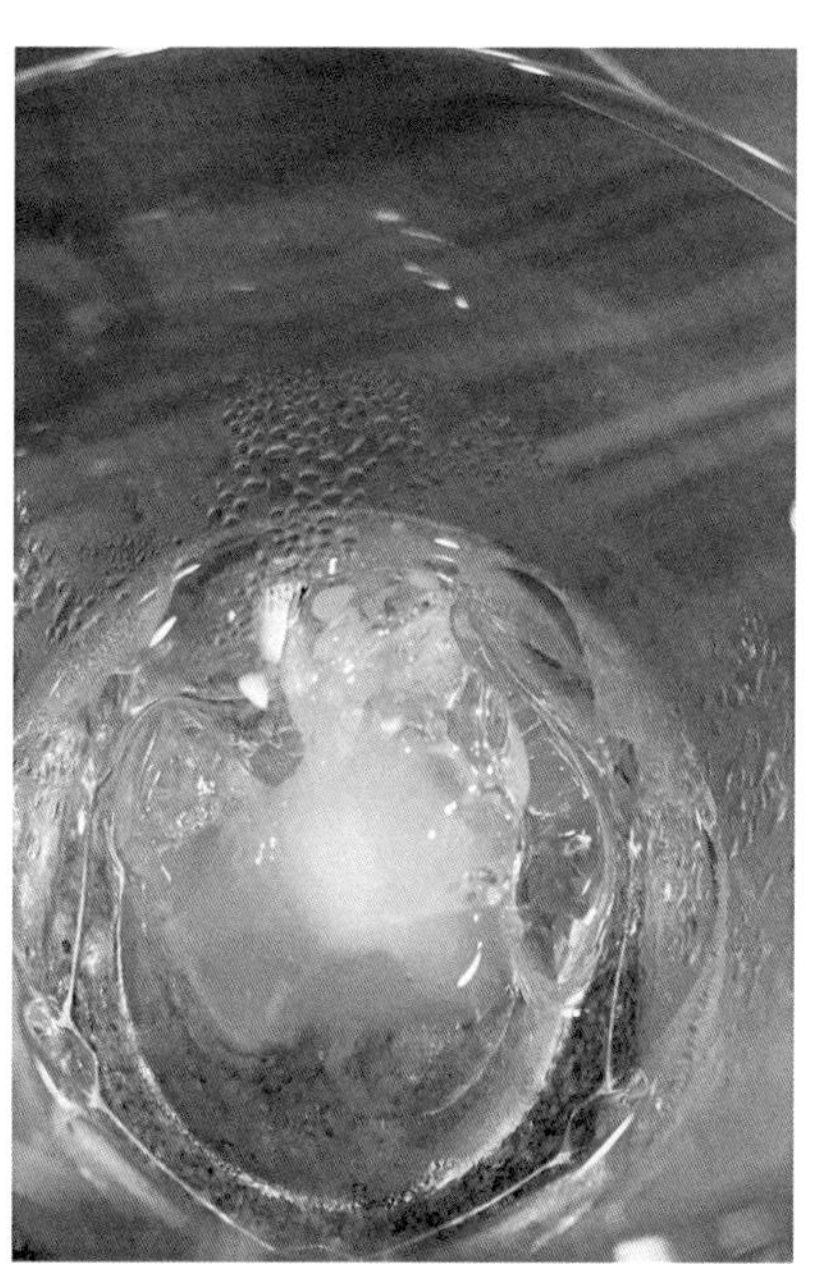

カンナとオンナ　北大路魯山人

ひぐらしの鳴き声が涼しい。

わたしは、わたしのテーブルの前に坐って料理をし、客はわたしのテーブルの前に坐っていた。

わたしは、料理をいつも自分で作りつつ食べ、客にもすすめる。

客は詩人であった。

どんな詩をつくるのかわたしは知らぬ。その詩人も、見せたことはないし、わたしも、見せてくれといったことはない。詩人だか、死人だか、わたしは知らぬ。ともかくも、詩人であるということだ。

わたしはビールを飲む。ビールだけ飲む。風呂から上がって、まだ、体に湯気が上がっている中にビールを飲むのはうまいものだ。

わたしの坐っているうしろには、紙を細く切って、それに、全国から集まった材料や、名産の名前が書いてある。新しく送られた品は、すぐ、この細い紙に書き入れられて張られる。だから、それを見ると、いま、どんなものがあるか、なにが品切れかということが、すぐに分るようにしてある。

詩人は、それを念入りに読んでいる。

詩をよむつもりでよんでいるのかもしれない。この男の詩はしらないが、詩人だって、食事はするだろう。いや、非常によく分るはずだ。鳥や、花の心が詩人には分るはずだから……。

わたしはビールを飲む。詩人はウイスキーを飲んでいる。

　わたしは、出来上がった料理にかけるため、かつおぶしをけずる。カンナを使ってけずる。

　詩人は、目を見張っていう。

「先生、ずい分、立派なカンナですね。まるで、大工が使うような、カンナですね」

「これは、大工たちが使うカンナの中でのいちばん上等だよ」

「へえ、もったいないですね」

「どうしてもったいないのだ」

　わたしは、不思議そうに詩人を見た。

　詩人も、上等のカンナでかつおぶしをけずるわたしを不思議そうにみている。

「先生、そんな立派なカンナなら、なにも、かつおぶしをおけずりにならなくとも、立派に、大工道具につかえるではありませんか」

「大工道具に、立派に使えるほどの上等だから、かつおぶしがけずれるんだよ」

　しばらくわたしの手許(てもと)を見ていた詩人はつくづくといった。

「先生の、料理がおいしいのは、先生が、ぜいたくをしているからですよ。きっと、そうですよ、やっぱり、料理は、金をかけないとダメですね」

　わたしはだまって、かつおぶしをかき了(おわ)ると、一杯ビールを飲みほして、しゃべり出していた。

「およそ反対だね、君のいうことは……詩人には、金のねうちは分らんと見える」

わたしは、かきあげたかつおぶしを詩人に見せた。かつおぶしは、うすい、うすい雁皮(がんぴ)のように、湯上がりの乙女の肌のように……。

「やあ、きれいだな。芸術品ですね、先生」

「そうだ、料理は芸術だよ」

わたしは語をついだ。

「かつおぶしを買う時はどうだ、いやこっちの方が大きくて安いだとか、同じねだんなら、こっちがいいとか、それこそ、大騒動をして買うくせに、それを、さて、使う段になるとどうだ。まるで、金を捨てているようなものだ。かつおぶしは、けずればへってなくなる。だが、カンナは一度買えば一生は使えるものだ。うすく、うすく、このようにかいてごらん。だしを出すにも、ほんのちょっぴり、つまんで入れれば、おいしいだしが出る。ものにふりかけても、おいしいし、美しい。カンナは買う時は少々高くとも一生使えるし、便利だ。こんなカンナで、かつおぶしをけずって使ってごらん。変なかつおかきでかいて使う何倍も、おいしくて、美しくて経済的だ。せっかくの高いかつおぶしを買う時は、大騒動して、さてそれを、ほんとうに粗末に、もったいないような使い方をしているひとがある。ぜいたくに、しかもかつおぶしの本当の味を出さずに、使ううちに、いいカンナでかいて使えば、五本使うところが一本ですむ。その方がどれだけ経済的だか分らん」

詩人は感心してきいていた。

「でも、先生、カンナを、上手に使うのはむずかしいでしょうね」

「変な、安もののかつおかきで、汗をかいて、かつおぶしをごしごしけずって、木屑（きくず）や、砂のようなけずり方をするより、上等のカンナでかく方が、どれだけ楽だかしれやしないよ」

「そうですかね。先生、オンナも、カンナと、同じですね」

「どうして」

「いい女房をもらっておけば、一生味がよくて経済的ですね」

「ハハ……なるほど落語の落ちだな。オンナとカンナと似ているね」

わたしはビールを飲んだ。詩人はウイスキーをなめつつ、

「オンナとカンナ」と、うたうようにいった。

さぞこの詩人は、こんど、オンナとカンナという詩をつくるつもりだろう。

山の秋

高村光太郎

WOODFORD RESERVE

山の秋は旧盆のころからはじまる。

カッコーやホトトギスは七月中旬になるともう鳴かなくなり、何となく夏らしい勢が山野に見えなくなってしまい、たんぼの稲穂がそろそろ七月末にはきざしてくる。稲穂の育ってくる頃、山や野にツナギという恐ろしいアブが雲のように出て人馬をなやます。山に入る人は肌をすっかり布でつつんでそのアブにさされるのを防ぐが、馬なども木につながれた縄をふりきってそのアブから逃げる始末で、その頃にはよく離れ駒が小屋の前をかけぬける。「馬こ見なかったかね」と時々村の人にたずねられた。

稲の穂が出そろうと、たんぼの手入は一段落で、あの苦しい草とりも終り、ちょうどその時旧盆の農休みがくる。旧盆は農家にとって一年中のたのしい一週間で、まず餅をつきご馳走をつくり、先祖のお墓まいりをすませ、あとは盆踊に興じたり、村の青年たちは野球に夢中になったりする。旧盆には農家で供養をいとなむ。わたくしの居た部落でも、毎年輪番で当番をきめ、どこかの家に花巻町の光徳寺さまの和尚さんを招き、部落中の人が集ってお経をあげる。お経のあとでは持ち寄りのご馳走や、般若湯(はんにゃとう)の供養でたのしい一夕をすごす習慣になっている。和尚さんは五里の道を自転車でとばして来て、汗を入れると明るいうちに大きな立派な仏壇の前で読経にかかる。農家の人たちもそれぞれに輪袈裟(わげさ)のようなものを首にかけて揃ってそれに和する。読経がすむと、かねて備えのお膳を大きな、ぶちぬきの部屋にずらりと並べ、本家(ほんけ)、かまどの順を正して座につき、酒盛りがはじまる。村の娘や小母さんが酌にまわる。いい頃を見はからって和尚さんはみやげを持って又自転車で町にかえる。あとは又さかんなおふるまいになるのである。「田頭(たがしら)さんへ」とか、「御隠居さんへ」とか、屋号や通称をよび立てて朱塗の大きな盃のやりとりが行われ、いかにも歓をつくすということになる。

盆踊は大てい山口部落から一里ほどのところにある昌歓寺という大きなふるいお寺の境内で行われる。もとはススキとツツジの大原野であったが、今は見わたすかぎり開墾された開拓村の一本路を部落の人たちははるばる昌歓寺まで踊りにゆく。秋とはいってもまだ日中はなかなか暑いので、わたくしはそこに行ったことがない。時とするとその流れが山口部落まで押してきて、部落の小学校の校庭で踊のあったこともある。

平常ご馳走らしいご馳走もたべない村の人たちもお盆中はいろいろのご馳走をつくって一年中の食いだめをする。わたくしもよく方々の農家から小豆餅やなまり節などをもらった。例の白いのもさかんにのまれる。この白いのはうまく出来たのは何ともいえずうまく、甘味と酸味とがよく調和して、やわらかでしかも強く、囲炉裏のわきでひとり静かに茶碗でのむ趣はまことに最上の法楽であるが、又これの出来そこないとなると実にすごい。思いきり酸ぱく、しぶく、しかも度が強くて、のむと腹の中がじりじりと焼け、胃の中でまだ醗酵(はっこう)をやめないのでさかんにおくびが出る。そんなのでも村の人たちは酔を求めて浴びるようにのむから、山村の人たちの間では胃潰瘍(いかいよう)が非常に多い。

胃ぶくろに孔があいて多くの人が毎年死ぬ。酒なしには農家の仕事は出来ず、清酒は高くて農家の手が届かず、やむを得ぬ仕儀ということである。

いったいに農家の酒ぶるまいというものは徹底したもので、まずその家によばれると、いちばんさきに軽い御飯が出る。いろりのへりで、みそ汁につけものぐらいで一、二杯飯をくう。そして煙草をのみながら客同士が雑談にふける。その時間が相当に長く、よばれた時間から大てい三、四時間は遅れるが、その間に頭数が揃ってくるのだ。やがてお膳がずらりと並んで席がきまると例の通りの盃のやりとりが儀式のように始まり、それがだんだん乱れて来て、席から立って大きな銚子と、外の黒く、内の赤いうるし塗の大きな木盃とを持って、ふらふらと客同士が往来をはじめる。そのうち主人側では奥から大太鼓を持ち出す。それをどんとたたくと、まず音頭とりの声自慢が先にたって、この辺ではおきまりの「ごいわいの唄」というのを合唱する。単調だが、どこかに格式のあるような、相当に長い唄を五段うたう。これを唄い終ってからはめいめい得意の唄を声をかぎりに唄いのめし、手拍子かけ声が外の山々に反響するかと思われるばかりだ。その間でも例の白いのはがぶのみだし、少しのまずに居る人を見つけると忽ち主人側の人が無理にものませる。とめる手を押えつけてのませる。奥からは娘さんや小母さんやお婆さんまで列をつくって出てきてさまざまな踊をはじめる。よく大黒舞などというのを見た。客も立って踊り、よろけ、中にはへたばってしまうのも出来る。酔いつぶさなければ振舞したことにならないというのであって、わたくしなど幸に酒に弱くもないから、ともかくもふらふらするくらいですむが、いよいよ帰ろうと思って出口に腰かけてゴム長をはいていると、そこへ家人は銚子と盃とを持って追いかけて来て勢こんで又のませる。これを「立ちぶるまい」という。そしておみやげのご馳走を渡される。もう夜になりかけたたんぼ道を歩いていると、今の家からはさかんな大太鼓の音と人間のわめく声とが渓流の音を消すようにひびいてくる。いつまでやっているのか、わたくしはまだ見届けたことがない。ただ岩手の人たちは不思議に人が好くて、こんな大騒ぎをしても、ついぞ乱暴な喧嘩をしない。口げんかは相当にやるようだが、関東の人のような手の早いところは八年間に一度も見かけなかった。

旧盆がすむと世の中が急にひっそりする。草木は生長をやめて専ら種子をつくる方にかかりはじめる。畠では、トマト、ナス、インゲンがまっさかり、小豆や大豆も大分大きくなり、土用にまいた大根ももう本根をのばし、白菜、秋キャベツもそろそろ結球をはじめ、ジャガイモも二番花を過ぎて玉を肥らせ、芋の子もしきりに親いものまわりに数を増し、南瓜、西瓜、南部金瓜はもう堂々と愛嬌のある頭をそろえる。野山に山百合の白い花が点々と目立ち、そこら中に芳香を放つようになると、今度は栗の番になる。

山麓から低い山にかけて東北には栗の木が多い。栗の木は材の堅いくせに育ちが早く、いくら伐ってもいつのまにか又林になる。そして秋にはうまい栗の実をとりきれないほど沢山ならせる。山口部落の奥のわたくしの小屋はその栗林のまんなかにあるので、九月末になると殆と栗責めである。

日中はまだ少し暑いが、朝の空気はむしろ肌さむいほどの清涼さ。そのきれいな空気を吸いに朝の戸口をとび出すと、眼の前の地面に栗いろの栗がころころ落ちている。この落ちて間もない栗の実の色とつやとは実に美しく、清潔な感じで、殊にお尻の白いところがくっきりと白く、まったく生きている。しっとりとした地面の上にこれが散らばっている黒と褐色との調和は高雅である。拾いはじめると、あちらにもこちらにも眼につき、繁ったニラの葉の中や、菊のかげ、ススキの根もとなどに光っている。毎朝ざるに一杯ずつ拾い、あとはすてて置く。拾っているうちにもぱらぱら落ちてくるし、小屋の屋根には案外大きな音をたてる。クマザサの中にもばさっと落ちるが、下草のある中に落ちた栗の実はなかなか見つけられないもので、不思議にうまくかくれてしまう。

山の栗は多く実が小さいシバグリだが、小屋のあたりのはタンバグリとシバグリとの間くらいのもので食うのにあつらえ向きだ。毎日栗飯を炊いたり、うで栗にしたり、いろりで焼栗にしたりする。ぬれ紙につつんで灰の中で焼く焼栗を電灯の下でぼつぼつ食べていると、むかし巴里(パリ)の街角で、「マロンショウ、マロンショウ」と呼売していた焼栗の味をおもい出す。あの三角の紙包をポケットに入れて、あついのを歩きながら食べたことを夢のように思い出す。あれはフランス、ここは岩手、なんだか愉快になったものだ。

部落の子供や小母さんらがよくかごを持って栗ひろいにくる。裏の山の南側のがけに取りきれないほど落ちているが、自然にどこの木が一番うまいというようなことがあるようである。栗拾いには随分山の奥の方まで出かけるが、そういう時に時々熊のいる形跡に出あって逃げてかえってきた人がある。熊も栗やドングリが好きで、この季節にさかんに出没する。熊は木のまたに棚というものをこしらえて、そこに坐って食べるらしい。

秋風は急に吹いてきて、一朝にして季節の感じを変えてしまう。ばさりとススキをゆする風が西山から来ると、もう昨日のような日中の暑さは拭い去られ、すっかりさわやかな日和(ひより)となって、清涼限りなく、まったく宝玉のような東北の秋の日が毎日つづく。空は緑がかった青にすみきり、鳥がわたり、モズが鳴き、赤トンボが群をなして低く飛ぶ。いちめんのススキ原の白い穂は海の波のように風になびき、その大きな動きを見ると、わたくしは妙にワグネルの「リエンチ序曲」のあの大きな動きを連想する。ススキ原の中の小路をゆくと路ばたにはアスター系の白や紫の花が一ぱいに咲きそろい、オミナエシ、オトコエシが高く群をぬいて咲き、やがてキキョウが紫にぱっちりとひらき、最後にリンドウがずんぐりと低く蕾(つぼみ)を出す。リンドウは霜の降りる頃でもまだ残って咲く強い草だ。その頃部落の子供らが野山をかけめぐってさがすのはアケビである。路傍によく食べのこしのアケビの皮だけがうす紫のいい色をして落ちている。これを見つけた時の子供らのよろこびが眼に見えるようだ。子供らがアケビを食べれば、牛や馬はハギを食う。この荳科(まめか)の植物がよほど好きと見えて牛や馬の飼料に部落の人たちはハギを刈って山のようにかついでゆく。ハギは山野に生いしげるが、ここのはいわゆるヤマハギで赤の色がややうすい。わたくしはミヤギノハギの根を移植して小屋のまわりに繁茂させた。これは赤が濃い。ハギは実に強い草で、落葉を肥料にしてよく育ち、秋にはまっ赤な花を無数につけ、その中に白のまじる風情はすばらしい。白花のハギを殊に牛馬は好むという。その外、秋の野山で目立つのは繖形科（さんけいか）の花である。タラの木、ウドなどは巨大な花茎をぬいて空に灰白色を花火のようにひらいている。高山植物に属する花々もそこらにちらばっていて、秋はうっかり路もあるけない。

うっかり路もあるけないといえば、秋にはマムシが殊に多い。マムシは夏の頃にはおとなしいが秋には気が荒くなるらしく、しばしば攻勢に出る。よく路ばたにとぐろをまいて控えているが、これにあんまり接近するといきなり飛びつく。とぐろを巻くのは攻撃態勢というものらしい。岩手ではマムシのことをクチバミと称しているが、わたくしの小屋はそのクチバミの巣だといわれる林の中に建っているので、マムシとは甚だ親しい。マムシは家族づれでいつもきまった巣に住んでいるらしく、毎年きまった場所に姿をあらわし、でたらめには歩かない。それでわたくしは一度もマムシの難にかからなかった。村の人は時々かまれる。かまれるとひどくはれて二、三週間は悩むようだ。中にはマムシ取りの名人がいて、棒のさきで首根っこをぎゅっとおさえ、たちまち口をあかせて牙（きば）をぬき、口からさいてきれいに皮をはいでしまう。まっしろな肉をそのまま焼いて食うらしいし、焼酎（しょうちゅう）にもつける。マムシの生きたのを町に持ってゆけば一匹幾百円かで売れるという。花巻駅の駅前広場にはいつでもマムシの黒焼を屋台で売っている。これはほん物だ。

秋の紅葉は十月中旬だが、ハゼ、ウルシは九月末にもう紅くなる。きわだってさえた色に紅く染まり、緑の多い中に点綴(てんてい)されるのでまったく目ざましい。やがて村のまわりの山々の上の方から色づいてきて、満山が極彩色となる。雑木林の紅葉は楓(かえで)一色のよりも美しい。紅、茶、褐、淡黄、金色と木によって色が違うので、この自然の配合が又となく見ごとだ。山口山という三角山の中腹にあるブナやカツラの大木が金色に輝いているのは壮観で、まるで平安朝の仏画を見る思がする。不思議なことに油画ではまだ日本のこの濃度ある秋の色の分厚さを大胆に造型化していないようだ。梅原竜三郎ならやれそうだが。紅葉は木の葉ばかりでなく、足もとの草の葉の一枚一枚を皆貴重品にする。まったく錦(にしき)をふんで歩く外ない。平常つまらないと思っていたあわれな蔓草(つるくさ)までも威厳をもって紅葉する。

名月は大てい十月初旬だが、うまい月の位置があるもので、ちょうど人間が空を仰ぎ見るのに都合のいい角度で空にあらわれる。わたくしの小屋のあたりから見ると、北上山系の連山、早池峯山(はやちねさん)の南寄りの低い山のあたりからのぼりはじめ、一晩かかって南の空を秋田境の連山までゆるゆるとわたる。塵(ちり)ひとつないきれいな空だから思いきりあかるい。風呂に入れば湯ぶねの中にも月光はさし、野に出ればススキの穂波が銀にきらめく。まったく寝るのが惜しくなって、わたくしはよくその光にぬれて深夜まで人っ子ひとり居ない野や山を歩いたものだ。小屋にかえれば西瓜(すいか)を割ったり、うで栗をむいたり、里芋をたべたりした。そんな晩に一度か二度美しい狐にあったこともある。紅葉がそろそろ散りはじめ、月もだんだんかけてくると、いよいよ茸(きのこ)の季節となる。

この辺で秋の茸のいちばん早いのはアミノメという茸である。これは傘のうらにひだがなくて、小さな孔(あな)が無数にあり、網の目のようになっている茸であるが、小屋のまわりのハンの木などの根もとの落葉の中にひょっこり見つかる。ひとつ見つかると続いていくつも出てくる。時には列を成して草原に並んでいる。この茸はそのまま汁などにも入れるが、糸でつないで乾しておいてよく料理につかう。大してうまくもないが捨てがたい。松原の近所にはハツタケも出るが、東北にはマツタケのいいのが出ない。数も少いが、香りも味も京都方面のには敵(かな)わない。この辺でいちばん沢山出てうまいのはシメジ類である。キンタケ、ギンタケというのもその一種で、これは見て美しく、たべてうまい。キンタケは黄、ギンタケは白、椎茸(しいたけ)くらいの大きさで、落葉にかくれて一個所に群生している。部落の人はこれを塩漬にしておいて正月の料理用にする。ギンタケのみそ汁は山の珍だ。ムラサキシメジという紫の濃いきれいな茸も出るが、味はさほどでない。クリタケ、ウスタケ、アンズタケ、その他食用になるのがいろいろ出るが、ナメコはこの山には出ない。毒茸も多い。まっかなベニタケ、星のついたテングタケは恐ろしい毒物だし、夜になると燐光(りんこう)を発するツキヨダケというのも出る。椎茸とまちがえられるほどよく似た茸だが、ほのかな異臭があるし、うらのひだが細かい。暗夜木の根株などにぼんやり光っているのを見ると不気味である。イッポンシメジにも猛毒があり、タマゴテングダケは命とりだ。茸の中で殊に珍重されるのはマイタケとコウタケとである。マイタケは深山にあり、一貫目以上もある大きなものもあるが、太い胴体の上部にネズミの足のような手がたくさん出ている灰白色の茸だ。味もよく、だしが出て調理人によろこばれる。マイタケ専門に探してあるいて町で高価に売り、それで一時の暮しを立てているマタギの連中もいるという。コウタケのことをこの辺では馬喰茸（ばくろうたけ）といっているが、その名の通り見た眼には恐ろしい茸で、形は傘をお緒口（ちょこ）にしたようなものだが、色が黒く、毛だらけで、いかにも馬喰らしい。これも相当に大きくなり、町でよろこんで人が買う。乾しておくといい香りが出て、すまし汁に使える。歯ぎれのよい、食べでのある茸だ。わたくしは茸の図鑑と引きくらべて、「食」とある茸は何でも食べてみた。村の人の食べないようなものでも平気でたべた。老成すると煙の出るツチグリの若いのもたべたし、アワタケもたべた。アワタケは割に大きな、間のぬけた茸で、村の人はアンパンといって馬鹿にしている。いかにもアンパンという感じの、うまくもない茸であるが愛嬌（あいきょう）があった。

秋の鳴く虫は語りつくせない。とにかくあらゆる種類の鳴く虫が一せいに小屋をかこんで夜は鳴く。ガチャガチャの声だけはきかなかったが、これは里の虫かもしれない。東京と同じようにここでもコオロギがいちばんあとに残って雪の頃までどこかの隅でとぎれとぎれに鳴いている。あわれのようだが、又それだけ生命の強さを物語っている。

十月になると農家ではいよいよ一年の収穫で、たのしい忙がしい日が十一月一ぱいはつづく。まずヒエを刈る。ヒエは穂からこぼれ易いものなので刈り時があるらしい。根から刈って十本くらいを一株になるようにしばり合せて三角形にひらいて立て並べる。これを「しま」とよんでいるようだ。それから粟を刈る。粟は黄いろの穂をゆたかにたれてうつくしい。ジャガイモはもうすっかり掘り上げてしまい、インゲンも、小豆も、大豆もきれいに刈られる。豆をとったあとの大豆の株はたくさん農家の軒下に乾されて冬中の大切な飼料になる。稲の刈入時は戦のようだ。毎日総出で朝から晩まで休む暇もない。天候との競争のように見える。刈った稲束は一たん田の畔（あぜ）に逆さに並べられて幾日か置かれる。それからやがて本式に稲架（はぜ）にかけ並べられる。たんぼの中に太い棒を立てて、これに高く稲束を丸くつみ重ねる方式もあり、又は低く積む方式もある。夜など見るとまるで巨人が立っているようだ。普通は棚のように横に四段にしつらえた丸太に逆さにぎっしりかけ並べる。まるで路の両側に稲穂の塀が出来たように見える。その金いろの稲穂の塀の間の路をゆくと、あの一種独特な、うまそうな稲の香りが強烈に匂ってきて、農家の営みの大半がまず無事に終ったなという大安心を感じさせる。わたくしは町へ用足しに出て帰る途中など、この稲穂を見るのがたのしかった。穂にも大きな粒や小さな粒があり、長いのや短いのがある。穂の種類によるらしいが、ともかくそのむっとするような、母のふところの匂のような、あまいような、香ばしいような芳香の中を歩くのがたのしかった。部落を出はずれて林のかげの自分の小屋の方に近づくと、いつのまにか稲穂の香りの人間らしさは消えて、今度は秋の山々からりょうりょうと吹いてくるオゾンに富んだ微風の新鮮無比な、宇宙的感覚のようなものが胸一ぱいに満ちるのであった。（秋の味覚のリンゴのことは又別に書く。）

鯉

岡本綺堂

一

日清戦争の終った年というと、かなり遠い昔になる。もちろん私のまだ若い時の話である。夏の日の午後、五、六人づれで向島へ遊びに行った。そのころ千住の大橋ぎわにいい川魚料理の店があるというので、夕飯をそこで食うことにして、日の暮れる頃に千住へ廻った。

広くはないが古雅な構えで、私たちは中二階の六畳の座敷へ通されて、涼しい風に吹かれながら膳にむかった。わたしは下戸であるのでラムネを飲んだ。ほかにはビールを飲む人もあり、日本酒を飲む人もあった。そのなかで梶田という老人は、猪口をなめるようにちびりちびりと日本酒を飲んでいた。たんとは飲まないが非常に酒の好きな人であった。

きょうの一行は若い者揃いで、明治生れが多数を占めていたが、梶田さんだけは天保五年の生れというのであるから、当年六十二歳のはずである。しかも元気のいい老人で、いつも若い者の仲間入りをして、そこらを遊びあるいていた。大抵の老人は若い者に敬遠されるものであるが、梶田さんだけは例外で、みんなからも親しまれていた。実はきょうも私が誘い出したのであった。

「千住の川魚料理へ行こう。」

この動機の出たときに、梶田さんは別に反対も唱えなかった。彼は素直に付いて来た。さてここの二階へあがって、飯を食う時はうなぎの蒲焼ということに決めてあったが、酒のあいだにはいろいろの川魚料理が出た。夏場のことであるから、鯉の洗肉(あらい)も選ばれた。

梶田さんは例の如くに元気よくしゃべっていた。うまそうに酒を飲んでいた。しかも彼は鯉の洗肉には一箸も付けなかった。

「梶田さん。あなたは鯉はお嫌いですか。」と、わたしは訊いた。

「ええ。鯉という奴は、ちょいと泥臭いのでね。」と、老人は答えた。

「川魚はみんなそうですね。」

「それでも、鮒(ふな)や鯰(なまず)は構わずに食べるが、どうも鯉だけは……。いや、実は泥臭いというばかりでなく、ちょっとわけがあるので……。」と、言いかけて彼は少しく顔色を暗くした。

梶田老人はいろいろのむかし話を知っていて、いつも私たちに話して聞かせてくれる。その老人が何か子細ありげな顔をして、鯉の洗肉に箸を付けないのを見て、わたしはかさねて訊いた。

「どんなわけがあるんですか。」

「いや。」と、梶田さんは笑った。「みんながうまそうに食べている最中(さなか)に、こんな話は禁物だ。また今度話すことにしよう。」

その遠慮には及ばないから話してくれと、みんなも催促した。今夜の余興に老人のむかし話を一度聴きたいと思ったからである。根が話好きの老人であるから、とうとう私たちに釣り出されて、物語らんと坐を構えることになったが、それが余り明るい話でないらしいのは、老人が先刻からの顔色で察せられるので、聴く者もおのずと形をあらためた。

まだその頃のことであるから、ここらの料理屋では電燈を用いないで、座敷には台ランプがともされていた。二階の下には小さい枝川が流れていて、蘆や真菰のようなものが茂っている暗いなかに、二、三匹の蛍が飛んでいた。

「忘れもしない、わたしが二十歳の春だから、嘉永六年三月のことで……。」

三月といっても旧暦だから、陽気はすっかり春めいていた。尤もこの正月は寒くって、一月十六日から三日つづきの大雪、なんでも十年来の雪だとかいう噂だったが、それでも二月なかばからぐっと余寒がゆるんで、急に世間が春らしくなった。その頃、下谷の不忍の池浚いが始まっていて、大きな鯉や鮒が捕れるので、見物人が毎日出かけていた。

そのうちに三月の三日、ちょうどお雛さまの節句の日に、途方もない大きな鯉が捕れた。五月の節句に鯉が捕れたのなら目出たいが、三月の節句ではどうにもならない。捕れた場所は浅草堀——といっても今の人には判らないかも知れないが、菊屋橋の川筋で、下谷に近いところ。その鯉は不忍の池から流れ出して、この川筋へ落ちて来たのを、土地の者が見つけて騒ぎ出して、掬い網や投網を持ち出して、さんざん追いまわした挙句に、どうにか生捕ってみると、何とその長さは三尺八寸、やがて四尺に近い大物であった。で、みんなもあっとおどろいた。

「これは池のぬしかも知れない、どうしよう。」

捕りは捕ったものの、あまりに大きいので処分に困った。

「このまま放してやったら、大川へ出て行くだろう。」

とは言ったが、この獲物を再び放してやるのも惜しいので、いっそ観世物に売ろうかという説も出た。いずれにしても、こんな大物を料理屋でも買う筈がない。思い切って放してしまえと言うもの、観世物に売れと言うもの、議論が容易に決着しないうちに、その噂を聞き伝えて大勢の見物人が集まって来た。その見物人をかき分けて、一人の若い男があらわれた。

「大きいさかなだな。こんな鯉は初めて見た。」

それは浅草の門跡(もんぜき)前に屋敷をかまえている桃井弥十郎という旗本の次男で弥三郎という男、ことし廿三歳になるが然るべき養子さきもないので、いまだに親や兄の厄介になってぶらぶらしている。その弥三郎がふところ手をして、大きい鯉のうろこが春の日に光るのを珍しそうに眺めていたが、やがて左右をみかえって訊いた。

「この鯉をどうするのだ。」

「さあ、どうしようかと、相談中ですが……。」と、そばにいる一人が答えた。

「相談することがあるものか、食ってしまえ。」と、弥三郎は威勢よく言った。

大勢は顔をみあわせた。

「鯉こくにするとうまいぜ。」と、弥三郎はまた言った。

大勢はやはり返事をしなかった。鯉のこくしょうぐらいは誰でも知っているが、何分にもさかなが大き過ぎるので、殺して食うのは薄気味が悪かった。その臆病そうな顔色をみまわして、弥三郎はあざ笑った。

「はは、みんな気味が悪いのか。こんな大きな奴は祟るかも知れないからな。おれは今までに蛇を食ったこともある、蛙を食ったこともある。猫や鼠を食ったこともある。鯉なぞは昔から人間の食うものだ。いくら大きくたって、食うのに不思議があるものか。祟りが怖ければ、おれに呉れ。」

痩せても枯れても旗本の次男で、近所の者もその顔を知っている。冷飯(ひやめし)食いだの、厄介者だのと陰(かげ)では悪口をいうものの、さてその人の前では相当の遠慮をしなければならない。さりとて折角の獲物を唯むざむざと旗本の次男に渡してやるのも惜しい。大勢は再び顔をみあわせて、その返事に躊躇していると、又もや群集をかき分けて、ひとりの女が白い顔を出した。女は弥三郎に声をかけた。

「あなた、その鯉をどうするの。」

「おお、師匠か。どうするものか、料(りょう)って食うのよ。」

「そんな大きいの、うまいかしら。」

「うまいよ。おれが請合う。」

女は町内に住む文字友という常磐津(ときわづ)の師匠で、道楽者の弥三郎はふだんからこの師匠の家(うち)へ出這入りしている。文字友は弥三郎より二つ三つ年上の廿五六で、女のくせに大酒飲みという評判の女、それを聞いて笑い出した。

「そんなにうまければ食べてもいいけれど、折角みんなが捕ったものを、唯貰いはお気の毒だから……。」

文字友は人々にむかって、この鯉を一朱で売ってくれと掛合った。一朱は廉いと思ったが、実はその処分に困っているところであるのと、一方の相手が旗本の息子であるのとで、みんなも結局承知して、三尺八寸余の鯉を一朱の銀に代えることになった。文字友は家から一朱を持って来て、みんなの見ている前で支払った。

さあ、こうなれば煮て食おうと、焼いて食おうと、こっちの勝手だという事になったが、これほどの大鯉に跳ねまわられては、とても抱えて行くことは出来ないので、弥三郎はその場で殺して行こうとして、腰にさしている脇指を抜いた。

「ああ、もし、お待ちください……。」

声をかけたのは立派な商人ふうの男で、若い奉公人を連れていた。しかもその声が少し遅かったので、留める途端に弥三郎の刃はもう鯉の首に触れていた。それでも呼ばれて振返った。

「和泉屋か。なぜ留める。」

「それほどの物をむざむざお料理はあまりに殺生でござります。」

「なに、殺生だ。」

「きょうはわたくしの志す仏の命日でござります。どうぞわたくしに免じて放生会をなにぶんお願い申します。」

和泉屋は蔵前の札差で、主人の三右衛門がここへ通りあわせて、鯉の命乞いに出たという次第。桃井の屋敷は和泉屋によほどの前借がある。その主人がこうして頼むのを、弥三郎も無下に刎ねつけるわけには行かなかった。それればかりでなく、如才のない三右衛門は小判一枚をそっと弥三郎の袂に入れた。一朱の鯉が忽ち一両に変ったのであるから、弥三郎は内心大よろこびで承知した。

しかし鯉は最初の一突きで首のあたりを斬られていた。強いさかなであるから、このくらいの傷で落ちるようなこともあるまいと、三右衛門は奉公人に指図してほかへ運ばせた。

ここまで話して来て、梶田老人は一息ついた。

「その若い奉公人というのは私だ。そのときちょうど二十歳であったが、その鯉の大きいにはおどろいた。まったく不忍池の主かも知れないと思ったくらいだ。」

二

新堀端に龍宝寺という大きい寺がある。それが和泉屋の菩提寺で、その寺参りの帰り途にかの大鯉は覚悟のいいさかなで、ひと太刀をうけた後はもうびくともしなかったが、それでも梶田さん一人の手には負えないので、そこらの人達の助勢を借りて、龍宝寺まで運び込んだ。寺内には大きい古池があるので、傷ついた魚はそこに放された。鯉はさのみ弱った様子もなく、洋々と泳いでやがて水の底に沈んだ。

仏の忌日にいい功徳をしたと、三右衛門はよろこんで帰った。しかも明くる四日の午頃に、その鯉が死んで浮きあがったという知らせを聞いて、彼はまた落胆した。龍宝寺の池はずいぶん大きいのであるが、やはり最初の傷のために鯉の命はついに救われなかったのであろう。乱暴な旗本の次男の手にかかって、むごたらしく斬り刻まれるよりも、仏の庭で往生したのがせめてもの仕合せであると、彼はあきらめるのほかはなかった。

しかもここに怪しい噂が起った。かの鯉を生捕ったのは新堀河岸の材木屋の奉公人、佐吉、茂平、与次郎の三人と近所の左官屋七蔵、桶屋の徳助で、文字友から貰った一朱の銀で酒を買い、さかなを買って、景気よく飲んでしまった。すると、その夜なかから五人が苦しみ出して、佐吉と徳助は明くる日の午頃に息を引取った。それがあたかも鯉の死んで浮かんだのと同じ時刻であったというので、その噂はたちまち拡がった。二人は鯉に祟られたというのである。なにかの食物にあたったのであろうと物識り顔に説明する者もあったが、世間一般は承知しなかった。かれらは鯉に執り殺されたに相違ないという事に決められた。他の三人は幸いに助かったが、それでも十日ほども起きることが出来なかった。

その噂に三右衛門も心を痛めた。結局自分が施主(せしゅ)になって、寺内に鯉塚を建立すると、この時代の習い、誰が言い出したか知らないが、この塚に参詣すれば諸願成就すると伝えられて、日々の参詣人がおびただしく、塚の前には花や線香がうず高く供えられた。四月廿二日は四十九日に相当するので、寺ではその法会を営んだ。鯉の七々忌などというのは前代未聞であるらしいが、当日は参詣人が雲集した。和泉屋の奉公人らはみな手伝いに行った。梶田さんも無論に働かされて、鯉の形をした打物(うちもの)の菓子を参詣人にくばった。

その時以来、和泉屋三右衛門は鯉を食わなくなった。主人ばかりでなく、店の者も鯉を食わなかった。実際あの大きい鯉の傷ついた姿を見せられては、すべての鯉を食う気にはなれなくなったと、梶田さんは少しく顔をしかめて話した。

「そこで、その弥三郎と文字友はどうしました。」と、私たちは訊いた。

「いや、それにも話がある。」と、老人は話しつづけた。

桃井弥三郎は測らずも一両の金を握って大喜び、これも師匠のお蔭だというので、すぐに二人づれで近所の小料理屋へ行って一杯飲むことになった。文字友は前にもいう通り、女の癖に大酒飲みだから、いい心持に小半日も飲んでいるうちに、酔ったまぎれか、それとも前から思召(おぼしめし)があったのか、ここで二人が妙な関係になってしまった。つまりは鯉が取持つ縁かいなという次第。元来、この弥三郎は道楽者の上に、その後はいよいよ道楽が烈しくなって、結局屋敷を勘当の身の上、文字友の家へころげ込んで長火鉢の前に坐り込むことになったが、二人が毎日飲んでいては師匠の稼ぎだけではやりきれない。そんな男が這入り込んで来たので、いい弟子はだんだん寄付かなくなって、内証は苦しくなるばかり、そうなると、人間は悪くなるよりほかはない。弥三郎は芝居で見る悪侍をそのままに、体のいい押借やゆすりを働くようになった。

鯉の一件は嘉永六年の三月三日、その年の六月二十三日には例のペルリの黒船が伊豆の下田へ乗り込んで来るという騒ぎで、世の中は急にそうぞうしくなる。それから攘夷論が沸騰して浪士らが横行する。その攘夷論者には、勿論まじめの人達もあったが、多くの中には攘夷の名をかりて悪事を働く者もある。

小ッ旗本や安御家人の次三男にも、そんなのがまじっていた。弥三郎もその一人で、二、三人の悪仲間と共謀して、黒の覆面に大小という拵え、金のありそうな町人の家へ押込んで、攘夷の軍用金を貸せという。嘘だか本当だか判らないが、忌といえば抜身を突きつけて脅迫するのだから仕方がない。

こういう荒稼ぎで、弥三郎は文字友と一緒にうまい酒を飲んでいたが、そういうことは長くつづかない。町方の耳にもはいって、だんだんに自分の身のまわりが危くなって来た。浅草の広小路に武蔵屋という玩具屋がある。それが文字友の叔父にあたるので、女から頼んで弥三郎をその二階に隠まってもらうことにした。叔父は大抵のことを知っていながら、どういう料簡か、素直に承知してお尋ね者を引受けた。それで当分は無事であったが、その翌年、すなわち安政元年の五月一日、この日は朝から小雨が降っている。その夕がたに文字友は内堀端の家を出て広小路の武蔵屋へたずねて行くと、その途中から町人風の二人づれが番傘をさして付いて来る。

脛に疵もつ文字友はなんだか忌な奴らだとは思ったが、今更どうすることも出来ないので、自分も傘に顔をかくしながら、急ぎ足で広小路へ行き着くと、弥三郎は店さきへ出て往来をながめていた。

「なんだねえ、お前さん。うっかり店のさきへ出て……。」と、文字友は叱るように言った。

なんだか怪しい奴がわたしのあとを付けて来ると教えられて、弥三郎もあわてた。早々に二階へ駈けあがろうとするのを、叔父の小兵衛が呼びとめた。

「ここへ付けて来るようじゃあ、二階や押入れへ隠れてもいけない。まあ、お待ちなさい。わたしに工夫がある。」

五月の節句前であるから、おもちゃ屋の店には武者人形や幟がたくさんに飾ってある。吹流しの紙の鯉も金巾(かなきん)の鯉も積んである。その中で金巾の鯉の一番大きいのを探し出して、小兵衛は手早くその腹を裂いた。

「さあ、このなかにおはいりなさい。」

弥三郎は鯉の腹に這い込んで、両足をまっすぐに伸ばした。さながら鯉に呑まれたかたちだ。それを店の片隅にころがして、小兵衛はその上にほかの鯉を積みかさねた。

「叔父さん、うまいねえ。」と、文字友は感心したように叫んだ。

「しっ、静かにしろ。」

言ううちに、果してかの二人づれが店さきに立った。二人はそこに飾ってある武者人形をひやかしているふうであったが、やがて一人が文字友の腕をとらえた。

「おめえは常磐津の師匠か。文字友、弥三郎はここにいるのか。」

「いいえ。」

「ええ、隠すな。御用だ。」

ひとりが文字友をおさえている間に他のひとりは二階へ駈けあがって、押入れなぞをがたびしと明けているようであったが、やがてむなしく降りて来た。それから奥や台所を探していたが、獲物(えもの)はとうとう見付からない。捕り方はさらに小兵衛と文字友を詮議したが、二人はあくまで知らないと強情を張る。弥三郎はひと月ほど前から家を出て、それぎり帰って来ないと文字友はいう。その上に詮議の仕様もないので捕り方は舌打ちしながら引揚げた。

ここまで話して来て、梶田さんは私たちの顔をみまわした。

「弥三郎はどうなったと思います。」

「鯉の腹に隠れているとは、捕り方もさすがに気がつかなかったんですね。」と、わたしは言った。

「気がつかずに帰った。」と、梶田さんはうなずいた。「そこでまずほっとして、小兵衛と文字友はかの鯉を引っ張り出してみると、弥三郎は鯉の腹のなかで冷たくなっていた。」

「死んだんですか。」

「死んでしまった。金巾の鯉の腹へ窮屈に押込まれて、又その上へ縮緬やら紙やらの鯉をたくさん積まれたので窒息したのかも知れない。しかも弥三郎を呑んだような鯉は、ぎっしりと弥三郎のからだを絞めつけていて、どうしても離れない。結局ずたずたに引破って、どうにかこうにか死骸を取出して、いろいろ介抱してみたが、もう取返しは付かない。それでもまだ未練があるので、文字友は近所の医者を呼んで来たが、やはり手当の仕様はないと見放された。水で死んだ人を魚腹に葬られるというが、この弥三郎は玩具屋の店で吹流しの魚腹に葬られたわけで、こんな死に方はまあ珍しい。

龍宝寺のあるところは今日の浅草栄久町で、同町内に同名の寺が二つある。それを区別するために、一方を天台龍宝寺といい、一方を浄土龍宝寺と呼んでいるが、鯉の一件は天台龍宝寺で、この鯉塚は明治以後どうなったか、わたしも知らない。」

若い者と付合っているだけに、梶田さんは弥三郎の最期を怪談らしく話さなかったが、聴いている私たちは夜風が身にしみるように覚えた。

香油

水野葉舟

一

その日は十二三里の道を、一日乗り合い馬車に揺られながらとおした。やっとの思いで、その遠野町(とおのまち)に着いたころは、もうすっかり夜が更けていた。しかも、雪が降りしきっていて、寒さが骨に沁む。——

三月に入ってからだったが、北の方の国ではまだ冬だ。

やっとその町に入ったころは、町はおおかた寝静まっていた。……暗い狭い町の通りが、道も家も凍りついたようにしんとして、燈(あかり)一つ見えない。その中を二台の馬車が急遽(けたたま)しい音を立てて通って行った。自分はすっかり疲れて、寒い寒いと思いながら、ついうっとりとしていると、真暗だった目の前が俄かにぼっと、明るくなった。と思って目を開けると馬車が停っていた。

着いたな、と思って、馬車の外側に垂れている幕を上げて見ると、間口にずっとガラス戸の嵌(はま)っている宿屋の前に停っていた。

自分は今度、少しばかりの用事ができて、東北地方の旅行を企てたが、その途中その陸中T町に従兄が中学の教師をしていたのに三四年振りで逢うため、わざわざこんな山中にやって来たのである。

もっとも、あとで東京を出発してここにちょっとよる筈の友人を待ち合わせて、一緒に、S峠を越してK港に出ようと言う予定でいる。

二

その夜は、昼間の疲れと、寒いのに広いガラッとした室に入れられたのとで、風呂に入り、食事をすますと、もう一分もじっとこの室(へや)の中に坐って、今日の道のことなどを考える気にもなれなくってすぐ床を敷かせて眠ってしまった。

次の朝、目を覚ますと、床の中から私は手をたたいて人を呼んだ。下で太い打(ぶ)ち切ったような返事をした。はいって来たのは下女で、十能に火を山のように盛ったのを持っている。

自分はからだを起こして、

「お前、この町の中学の先生をしている、吉井っていう人を知ってるか?」と聞くと、下女、

「へ?」と自分の顔を見たが、

「存じません。」と言った。

「じゃ、誰か分る人を呼んでくれ。」と言って自分は起き上った。宿で借りた衣服を着て、手提げの中から、歯を磨く道具を出して、下に顔を洗いに行った。

室に帰ってくると、小さい男が火鉢の前にチャンと坐っている。自分がはいってくるのを見ると、

ちょっと頭を下げた。その目つきが先ず自分に反感を起こさせた。赤黒い犬のような顔で眉の太い、二皮の瞼の下から悪ごすく光った目で人をねらうように見る。

自分が火鉢の傍に坐わると、首をひょっと突き出して、

「何か用ですか?」と言って、人をしゃくるような顔をしている。

「ちょっと聞きたいことがあるんだが……」と言ったが、自分はそのあとを聞く気がなくなった。で、手提げの中から、鏡を出し、櫛や、ブラシを出して、いま洗って来た髪に櫛を入れながら、黙っていた。しばらくして、

「中学の先生で、吉井って人がいるか? 分らないかね。」と聞くと、

「え、おいでです。ですが、たしかどこかに行って留守かもしれません。いま下で聞いて見ましょう。家によくおいでになります。」と、早口に一句ずつ句切って言ったが、そのまま、じっと坐ったなりに自分の髪を整えるのを見ている。

その時に自分は香油の壜を出して、油を手の平に移して髪につけた。嗅ぎ馴れた香だが、心持ちのいい香が、身の廻りに漂った。――このボケーの香のする香油を髪につけるのは自分には長いあいだの習慣だ。柔かなボケーの香はもう自分の香のように親しい。

で、髪をチャンと分けると、自分は立って、道具一切を床の間の、違い棚の上に置いた。そして元の座に帰えると、その男は坐ったまま一心に自分を見ていた。

その男は物珍らしそうにじっと自分の顔を見ていた。自分は、それが嫌でたまらなく思えたので、露わに眉を曇らして見せた。そして、火鉢の傍にあった茶盆を引き寄せて茶を入れて飲みながら、

「じゃ、早く聞いて来て貰おう。」追いやるように言った。すると、

「へえ、」と、相図のように頭を下げたが、まだ立とうともせず、手を伸ばして茶盆の中に伏せてある茶碗を起こして、自分がついだ茶の残りをついだ。それを平気な顔をして一口飲むとそそくさと立って行った。自分はそのあとで舌打ちをした。

しばらくすると、朝飯の膳が運ばれて、自分が箸をとっていると、その男がまた入って来た。そして咳を一つして火鉢の向こうに坐った。自分はチラと振り返えったが、黙って食事をしていた。その男も黙って自分を見ていた。やがて、自分が食事をすませて、からだを振り向けると自分を見ていた目をつっと天井に反らせた。自分はからだを向けると、机の上に置いた煙草の箱を取って、中から一本摘んだ。その時に、

「で、吉井さんですがな。」と、その男が言う。

「ふん。いるだろうね。」

「いや。一昨日この先のS村の某と言う家に出て、留守だそうです。」

「留守?」

自分は、この男の言葉つきが、何となくうそを言っているように思えるので、わざと強く反問した。

「へえ、留守だそうです。」と、「留守」を繰り返えした。

「困ったな。そのＳ村と言うのまでは使いをやれないかしら？」と、聞くと、

「使いはありません。」と、捨てたようにその男は首を振った。自分はむっとした。

「困るじゃないか。道でも悪いのか。」

「道も悪うござんす。まだ雪が解けないから、誰も行きません。」

「じゃ、馬にでも乗って行ってくれたらいいじゃないか？。」

「さ、それはあるかもしれませんな。けれど高いことを言いますぜ。」

「高いって、使い賃がか？　それは仕方がない。とにかく、行ってくれる者をさがしてくれ。」

「へへ。」と、癖のようにちょっと頭を下げたが、黙って、自分の巻煙草の箱から一本つまみ出して、それに火をつけた。

自分はじっとその無作法な男のするさまを見ていた。

自分はこの山間の町に不意に来て、従兄を驚かそうと思っていたのだが、かえって行き違いになった。そのために今日一日は茫然として暮さねばならぬ、と思っているとその男が室の入口から首を出して「使いがありました。じゃすぐやりましょう?」と言って、出て行った。と、入れ違いに、下女が来て、

「いま、使いとおっしゃいましたが、ちょうど、中学の先生様がお通りになって、吉井さんは今日きっ

と帰えっておいでる筈だそうですから……と言っていらっしゃいましたが。」と言う。

「そうか？……では、使いには及ばないね。」と言うと、自分はかすかだが、いまの男に勝ったような心持ちがした。下女はうなずいて出て行った。

と、また入れ違いにその男がはいって来て、キョト、キョト自分の顔を見ながら、

「使いはようござんすか。」と言う。自分はますますその男の裏を掻いたような気がして、素気なく、

「吉井は今日帰えってくるそうだから、もういいわ。」と断ってやった。

それで、今日一日は、ここにいるつもりにしたので、せめて、従兄の下宿しておる家でも見てこようと思って外に出た。腹を一杯に見せて町の真東に、まるい大きい山が聳えている。と、言うよりも、この町はその裾に小さく一かたまりになって家が建っているようだ。

町幅は広く、町は一直線に東の山の方に突きあたって北にまがっている。昨夜、乗って来たと同じ馬車が馬をはずして、薄暗い軒の深い家の軒前(のきさき)に置いてある。寒い国の習いで、家の軒が深く、陰気なしんとした町だ。自分はそのなかを歩いて、二三軒の小間物店らしいところに寄って、この町近傍の景色をうつした絵葉書をさがした。

けれど、そんなものは一枚もなく、かえって東京で出来た、西洋の名画を複写した絵葉書などがあった。

かと思うと、二三年前に東京であった博覧会の錦絵などもある。かすかに賑やかな東京の呼吸がこの錦絵に通っているようだ。

自分は一順町をまわって異様な感じがした。教えられた従兄の下宿を捜して、置き手紙をして帰えって来た。

三

つぎの朝までも従兄は帰えらなかった。自分はつくづく前から知らせなかったのを悔いて、また使いを立てようかと思い迷った。

ところへ、その男が入って来た。

「どうします。」と、いきなり言った。

「さ、」と答えたが、自分は不快で堪らなかったから、知らぬ顔をしてやった。と、また黙って、まじまじ人の顔を見ていたが、やがて、急き立てるように、

「使いを出すなら、早く出しませんと、人がいなくなります。」と言う。

「よそう！」自分は言い切った。

「よしますか？」と、その男は自分の心持ちを覗おうとするように言った。

自分は堅く口をつぐんだ。そして心には充ち充ちた不愉快が、自然と人に逢えぬと言ううら悲しい心持ちに変わって行くのを覚えた。

で、無聊（ぶりょう）な、不愉快なその日も暮れた。

四

三日目の朝、自分は起きて、顔を洗って室に入ってくると、平生のように髪を分けた。で、今日も油を頭につけたが、あとで、ふと、その壜を取って見ると、油が非常に少くなっていた。「しまった。これは余程、倹約して使っても途中で足りなくなるぞ。困ったな。頭をぼうぼうさせて東京に帰るのか。」と思った。これから途中では、ちょっとこの油を買うことができないらしく思われると、しばらく、自分の非常に心持ちよく思っている楽しみに遠ざからねばならぬと考えた。で、何となく物足りなく思っていると、さっと唐紙を開けて従兄が入って来た。

「何だ、作さん本当に来てたのか？」と、よほど驚いているらしい。

「本当に来てたかって奴があるもんか。」自分は従兄の驚いたのが得意に思えたので、わざと落ちついて言った。自分と従兄は一つ違いで、兄弟とも、友人ともいうような仲だ。

しばらく二人で話し合ったが、従兄は午までに学校に行かねばならぬと言って出て行った。

で、自分は、そのあとで下女を呼んで、今夜は従兄と二人で食事をするから、何か特別の料理をと言いつけた。すると、しばらくして、例の男が入って来て、例の人を覗うような目付きをして、

「今夜、何かお酒宴(さかもり)でもなさりますか?」と聞く。

「酒宴ではない。従兄とは久し振りだから一緒にものを食おうと思ってさ。」

「ハハそうですか、ハッ。じや私がよく見つくろいます。」

「…………」

自分は嫌な顔をして型だけにうなずいた。

その晩、従兄がくるのを待って、二人は少しばかり酒を飲んだ。が、その席にともすると、例の男がはいって来て、じつと尻を落ちつけて、自分達の話に口を入れる。自分はとうとう少し二人きりの話がしたいからと言って、その男をことわった。その晩の話に従兄は二三日してこの町で学術演説会があるので、従兄も一場の演説をするのだと言った。

五

その夜は心持ちよく眠られた。酒の酔いで、貧血性の頭は充血して……水に潤ったようになった。

で、ぐっすり眠って、心持ちよく目を覚した。

と、室の中に人がはいって来ている気配がした。自分は夜着を深くかぶっていたが、じっとして聞いていると、その人は裾の方にいるようだったが、やがて、違い棚で、

「コトン」とそっとグラスの壜を置いた音がした。

自分はハッと思ったので、そっと夜着の襟をずらせて目を出すと、棚のうえに男の指が見えた。それが香油の壜をずっと奥の方に押していた。

自分は声を出して笑おうかと思った。心では不愉快ではあったが、この男の大事なところを握ったのが、無性におかしく思われた。で、一つ声を出して笑ってやろうか。そして驚く顔でも見てやろうか、と思ったが、馬鹿げているような気がしたので、そのまま、目をつぶって眠ったような態をしていた。

と、その男は出て行った。


自分は、又そのままうつらうつらして、床の中で考えていた。

「あ、今日は木村が（友人の名）着く日だ。」と思った。明日は従兄とも別れてこのT町を発つのだと思っていると、また、入口の唐紙が開いて人がはいって来た。

自分はこんどは大きく目を開いていた。はいって来たのは例の男だった。自分の起きているのを

見ると、ギョッとしたようだったが、火鉢の前に坐って、「もう、目が覚めやしたか?」と言った。自分は返事をしなかった。すると、その男は知らん顔をして、頭のうえで昨夜、従兄と食べた残りの菓子を食い出した。そのうえに、急須に湯をついで、茶も飲む。自分は蹂躙(じゅうりん)されるような気がして、グッと頭を上げた。

怒鳴ろうかと思ったが、あまりだと思って止めた。すると、その男は自分を見て、少し狼狽(うろた)えたがそれを隠そうとした。

「私に一つ演説を作ってくれませんか?」と突然なことをいう。

「何にするんだ?」

「明後日、演説会がありますから、私にも出てやれと言うですが。」

自分は危くふき出そうとした。しばらく自分は黙っていると、その男は、

「あなたは、台湾で役人をしていた、弓削田(ゆげた)という人を知っとりますか。」と言う。

「知らんね。」自分は冷笑した。

「それは有名な人だそうなが、その人がここに来て泊った時に、お前はおもしろい男だと言って、私と一晩酒を飲みました。」と、手柄らしく言って、自分にほのめかした。自分は、

「そうか?」と言ったきり答えなかった。

六

その夜、木村は着いた。つぎの日に発つことにして、馬車を頼んだ。するとその男は、S港に出る方の馬車は毎日、たつかどうか分らぬが、ともかく見てくると、例のようにもたせぶりをして行った。


自分はそのあとで、この二三日のことを話して、木村に、

「少し金をやろうか?」と言うと、木村は、

「くせになるから止したまえ。たまにはあてがはずれるのもいい薬だ。」と言った。自分も同意した。やがて、例の男は帰えってくると、非常に骨を折ってやっと馬車ができたと、頻りに恩に着せた。自分はそれを感じない顔をしていた。


つぎの朝、いよいよ発つと言う時に、従兄が少しおくれて、来てくれなかった。自分は別れも惜しい、それに少し話もあるからと思って、手紙を書いた。

それを持って行って貰おうと思って、人を呼ぶと、例の男がにこにこしてはいって来た。

「これをすぐ持って行かしてくれ。」と手紙を出すと、俄かに剣のある顔をして、

「使いは出ません。いま家はいそがしくって……金を出せば行くものはありますが。」と言った。自

分は木村と顔を見合わせたが、

「ではいい。」と投げつけるように言った。

妖影

大倉燁子

Grand
Old Parr
12

一、暗号（コード）

応接室に入った時、入れ違いに出て行った一人の紳士があった。

「あれは私の従兄（いとこ）なんですよ」

S夫人は手に持っていたノートを私に渡しながら、

「お暇があったら読んでみて頂戴な。あの従兄が書いたんですの」

「文学でもなさる方ですの？」

「否（いい）え、商売人なんです。最初の目的は別の方面にあったのですが、若い時はちょっとした心の弛みから、飛んでもない過失（あやまち）をやる事がありますからねえ。気の毒に従兄も失職して長い間遊んでいましたが、やっと先頃ある会社へ入りましたんですよ」

私は早速そのノートを読んでみた。

――神戸を出て二日目の晩だった。船に弱い私も幾分馴れてきたので、そろそろ食堂に出てみようかと思った。

大切な任務を帯びているということが絶えず頭を離れないので、今度の旅行はどうもいつものようにのんびりとした楽しい気分になれない。私は暗号を預っていたのだった。

出発の際、S夫人から注意された言葉が耳の底に残っていて離れない。「暗号はあなたの生命（いのち）より大切だと思わなければいけない。トランクも危険よ。スーツケースはなお更だ。肌身につけていらっしゃい」――その通り肌身につけている。恐らくこれより安全な方法はあるまい。しかし私がこの大切な暗号を持っている事を誰も知っているはずはないのだから、自分さえ用心していれば大丈夫だろう。余りそんな事ばかり考えていると神経衰弱になってしまうからな。とにかくいま少し朗らかにやることだ。――と、こんなことを考えながら食堂へ入って行った。

私の席は事務長の傍にとってあった。少し遅れて出て来たので、もう食事は始まっていた。円い卓子を囲んだ五六人の客は事務長を相手に盛に談笑しながら、ホークやナイフを動かしていた。皆元気な若い男ばかりだったので、この卓子が一番賑やかだ。そろそろデザートを運ぼうとしている頃になって、二人連れの支那人が静かに入って来て、私の隣りの空席へ坐った。よほど身分のある人だろうということは、その服装からでも一と目で知れる。

多分お父さんとお嬢さんだろう、どこやら面ざしが似ている。男の方は少し前屈みで背がひょろ高かった。顔はまだ若い、それだのに頭髪は真白だった。

お嬢さんは二十四か五か、桃色の支那服がいかにも奇麗で可愛らしく見えた。しかしこれは病人らしく思えた。小柄で恐しく痩せて蒼白い顔をしているが、非常な美婦人だ。惜しいことに余りにも全身衰弱しきっていて、歩くことさえ大儀そうで、見ていても痛々しく窶れ果てている。

席につく時軽く会釈しながら、ちらりと目を上げて私の方を見た。その眼の奇麗さにまず驚いてしまった。体は、疾くに死んでいるのに、目だけが生きている、といった感じだが、その寂しい美しさが私の心を掻き乱すのだった。今までにこれほど恐しい魅力のある眼に出会った事がなかった。私は彼女の一瞥にすっかり魂を奪われてしまったと云ってもよかった。

食事がすんでから、一人で甲板の上をぶらぶら散歩していた。どうも今見た二人が気に懸ってならない。食事が済んだら必ず甲板に出て来るだろう。と心待ちにしていたがなかなかやって来なかった。病人だから室へ帰っているかも知れない。私は何となく物足りないような気がした。

蒸し暑い晩だ。

月もいいし、狭いキャビンに帰ってしまうのが惜しくって、つい夜を更してしまった。寝苦しいと見えて、一度寝に帰って行った人々までがまた甲板へ上って来たりしていたがいつの間にか皆各自の室へ引きとってしまって、残っているのは私一人きりだった。

「そろそろ寝るかな」時計を出してみた。「ホウ、もう一時だ！」

私は立ち上って続けさまに欠伸をしながら、両手を高く伸した。そのついでにチョッキの上から自分の胴中をちょっと触ってみた。出発以来これが癖になってしまって、日に何度となくやる。大切な暗号を胴中に巻いているのだもの。任地に着いて無事にそれを手渡しするまでは安心がならない、従って責任はなかなか重く少しの油断も出来ないのだ。我々の生活は旅行中だけが呑気で極楽だのに、その旅行中さえこんなに緊張していなければならないなんて、考えてみると情けなくなっちまう。好きなダンスもやれないし、バアへ行くのも差控えているのだ。三十歳の若さだのに、と私は急に詰らなくなった。

私は舌打ちしながら階段を降りかけて、何気なく後を振り返ると、いつの間に上って来ていたのだろう。甲板の欄干にもたれて、先刻（さっき）のお嬢さんが連れもなくたった一人で、月を眺めながら物思いに沈んでいる。この夜更に、あんな病人がとちょっと妙な気がしたが、そのまま立ち去るに忍びず、少時（しばらく）その後姿を眺めていた。

翌日はいつになく早く眼が覚めた。昨夜は妙な夢を見た。キャビンの丸い窓の真中に、ぽっかり五十銭銀貨ほどの眼がたった一つ現われた。と見る間にその目が大きくなって丸窓一杯にひろがり、遂々（とうとう）その窓が一つの目になってしまった。瞬きもしないで、その大きな瞳が私の顔を見詰めている。それがまたあのお嬢さんの眼そっくりだった。余り気にしているものだから、そんな夢を見たんだろうと可笑（おか）しくもなる。ほんもののお嬢さんの眼が覗いてくれたらどんなに嬉しいことだろう。私はなつかしい気持ちで窓を見たが、そこにはあの弱々しいお嬢さんの影さえもなく、朝の空気を吸いながら活発に散歩している西洋人の後姿が見えていた。

私も起きると直ぐ甲板を散歩した。段々顔馴染みの人が出来てきて、出会う度にお互に声をかけるようになった。私は何となくかの二人を待もうけるような心持で、朝も昼も食堂に出たが、隣りはいつも空席で、花のような形に折り畳まれたナフキンが、淋しくお皿の上にのっていた。私は気に懸るので、それとなく事務長に彼等の事を訊いてみた。

「お嬢さんが御病気で故国(くに)へ帰られるんだそうです」

「どういう御身分の方なんでしょうか?」

「高貴の出なんですが――、今は何もしていられないそうです。支那の大金持なんですよ」

「そうらしいですな。日本にもよほどながくいられたと見えて、まるで日本人ですね」

「そうです。言葉もうまいしね。しかしまあお気の毒ですよ。お嬢さんがあんなに体が弱っているので、お父さんがお守りをしながら、気候の好いところ、気候の好いところと世界中を遊んで歩いていられるんだそうです」

「結構な御身分ですな」

「何しろ金があるから」

事務長は羨しそうに云うのだった。

夕食の時、少し遅れて食堂へ入ると、もう例の二人は卓子に着いていた。お嬢さんは手を動かすのさえ苦しそうで、見ていても痛々しい。極めて物静かに少しの音もたてずに食事をしていた。始終伏目になっていて殆んど顔を上げない。長い睫毛は頬の上にうっすりと影を落している。美しい女だな、と、心の中(うち)で感歎した。

私はお嬢さんの方ばかり気を付けて見ていたので、お父さんの方は一向注意をしなかったが、何かの拍子にふと見ると、どうも不思議な癖のあるのに驚いた。一種の神経痙攣とでもいうのだろうか、卓上の物を取ろうとして手を延ばす時、彼の手がその物を掴む前に空中に英字のようなものを描くのだ。最初は誰かに合図しているのかと思った。しかしそうではないらしい。何故（なぜ）というのにソースの瓶を取ろうとしてはやる。食塩を取る時もやる。胡椒、果物、何の時でもやるからだ。余り目まぐるしく繰返すので、見ているだけで、こっちの神経がいらいらしてくる。厭な癖だなあと思って見ていると、自分まで伝染してひとりでに手を動かしそうになるのだ。どうもひどく気になる。顔を反向（そむ）けて、見まいとしても、やはり見ずにはいられないのだ。私は急いで食事をすませるとさっさと食堂を出てしまった。

それからもう一つ気になるのは、お嬢さんが食事中にも拘らず、左の手にだけ手袋をはめていることだ。純白で、それこそ少しの汚点もない、清らかなものなのだが、どうもこれがまた妙に気になる。

二、妖瞳（ようどう）

明朝（あす）は船が港へ入るという晩だった。

船が着く前夜はどういうものか眠られない、これは私の癖だった。新らしい任地というものは希望もあるが、また不安もある。赴任する前に長官やら同僚の事など大体調べて、予備知識を得ておくのだが、それでも失敗して随分辛い思いをする事がある。私は甲板の端に甲板用の椅子を持って来て、欄干に腕をのせてぼんやりしていると、例のお嬢さんをお父さんが労わりながら、二人でそろりそろり、と階段を上って甲板へ出て来た。私の傍を通りすがりながら先方から声をかけた。

「今晩は。いやに蒸しますね」

「まだ起きていらしたんですか？」

二人は立ち止った。

「少し涼もうと思って出て来たんですが」

「ここはなかなか風がよく入りますよ」

「でも、お邪魔ではないでしょうか？」

遠慮深そうに欄干に倚りかかっているので、早速自分の椅子をお嬢さんにすすめ、なお二つの椅子を運んで来た。

「イヤ、どうもこれは恐縮です」

お父さんは私の好意を心から感謝するように幾度も頭を下げてから、お嬢さんの細い体を抱くようにしてそれに腰かけさせた。そしてさも云い訳らしく云うのだった。

「どうも体が弱っているもんですから——。困ってしまいます」

二人の容子を見ていると気の毒になった。こんな病人をかかえて旅行するという事は何という危ぶなかしいことだろう。お父さん自身だって神経痙攣に悩んでいるのだし、お嬢さんの方は半分死んでいるようなこの痛々しさじゃないか。私は黙って見ていられなくなって、訊いてみる気になった。

「どこがお悪いんですか？」

「医者は心臓が悪いのだとか、肝臓だとか、いろんな事を申しますが、結局どこが悪いんだかよく分らないらしいんです。まあ故国へでも帰って、暫時保養したらまた気も変ってよかろうかと思いましてね。しかし私は病気じゃないと独りで定めているんです。つまり、その、まあ神経ですな。神経から来たものと考えているのです。何にしても厄介なことで、全く閉口してしまいます」

お嬢さんはお父さんの話を黙って聞きながら、私の心を掻き乱すようなその美しい眼に、淋しい笑を見せて、私を凝と見詰めていた。私は身内が縮むように思った。

「お困りでございましょうね」

これだけいうとやっと視線から逃れるように横を向いた。何という不思議な魔力をもつ眼だろう。私は何だか引きずられてしまいそうな気がする、ふとこんな事を思った。このお嬢さんにこの眼で凝と見すえられたら、それがどんなに危険な恐しい命令であったとしても、到底私には辞退めないかも知れない。考えてみるとちょっと恐しいような気もする。

「仕方がないと思って居りますが、この神経というやつが一番困りものでね」お父さんは頻りに神経々々というが、しかし二人揃って神経に悩まされるとは可笑しな話だ。殊にあの食卓で見たお父さんの空中に書く英字など何か意味がありそうにも思えるので、

「遺伝でいらっしゃるのじゃありませんか、貴方も神経質のようだし」

お父さんは微笑して云った。

「私ですか？　私は至って呑気者ですよ。むしろ無神経に近いかも知れません」

何云ってるんだ。と私は心で笑った。それを彼は直ぐ見て取ったものか、急に思い出したように云い直した。

「ああ。貴方は何んでしょう？　私が何か物を取ろうとする時に変な手付きをやるもんだから、それを仰しゃってらしたんでしょう？　しかしあれは神経痙攣じゃありません。ある恐しい感動の結果ああなったんです」

「恐しい感動？　どんなことなんでしょう？」

私は好奇心から思わず瞳を輝かせた。

彼は低い調子で語るのだった。

「娘は幼少の頃から心臓が弱かったと見えて、時々発作を起しますので、いつかは恐しい変事が突発的に起って来るのじゃないか、と絶えず不安に襲われて居りましたのです。

ところがある日、庭を散歩して捨石につまずき転んだ拍子に、娘は息が止ってしまいました。医者は無論死んだと云いますし、実際死んでしまったのに相違なかったんです。私共は一日二晩、娘の傍を離れずお通夜をいたしまして、私自身で娘を棺の中に納めました。そして墓場まで送って家族累代の墓地に葬ってやりました。その墓場は田舎――私共は蘇州の者ですが――の淋しい畑の真中にありました。

棺に納めます時、私は娘が好んでいた純白の夜会服を着せてやりました。それは私がロンドンに居りました時、娘を始めて社交界に出すために、大金をかけてつくらせた記念の品でございました。それから娘に買ってやった宝石類、頸輪、腕輪、指輪、殊に指輪は全部の指にもはめきれないほど沢山有ったのを、私はみんな娘の身につけて葬ってやりました。親なんて実に馬鹿なもんでございますね」

お父さんはちょっと歎息するように私の顔を見て言葉を断（き）った。私はお嬢さんの方を眼で指しながら訊いた。

「その方はこのお嬢さんのお姉さんなのですか？」

「まあどうぞ、終りまで聞いて下さい。――葬いを済ませてから家へ戻って来た私が、その時どんな気持だったか貴方にはお分りになりますか。妻は娘の小さい時に死にました。私は母親の分までも娘を可愛がって育ててきたのです。そして母のない娘は私一人を頼りにしていましたし、私には彼女以外に親身なものは一人もないのでございます。それですから娘を自分の生命よりも大切にしていた心持は十分にお察し下さると思います。その親一人娘一人が、別々の世界に住まなければならなくなったという事は、どんなに深く悲しませたか、私も娘と一緒に棺の中に入ってしまおうかと思いました。否え、私が死んで、娘を生かしておいてやりたかったと悔んだのでした。私はほんとに一人ぽっちになってしまったんです。半分気が狂ったようになって、疲れきって自分の家へ帰ってまいりました。

肱掛椅子に倒れたなり、考える力もない動く力もない、見る力もない、うつろのようになってしまいました。棺が置いてある間はまだようございました。その中には娘が寝ているのですから。しかし今はその棺さえもないのです。家の中は急に人気がなくなったようでした。

棺に娘を納めたり、最後の眠りを飾ってやるのに、何かと忠実に手伝ってくれました黄亮という執事が、その時音もなく入ってまいりました。

『旦那様、何か召上られてはいかがでございます?』

　私は返辞をしませんでした。食事どころではないじゃありませんか、私は無言で首を振って見せました。

『旦那様、それではいけません。お体にさわりますから、じゃお床をおのべいたしましょうか、少しお息みになりましては?』

　黄の優しい心づかいを承知していながら、それがうるさいので、少し癇癪を起して大きい声で云いました。

『放っちゃっといてくれ。この儘にしておいて——』

　目を閉ってしまいました。それでも忠実な黄は私の身を案じてなかなか退ろうとはせず、躊躇して居りましたが、私はもう相手にもならず、くるりと横を向いてしまいました。そこで黄も仕方なく部屋から出て行きました。

　その後何時間経ったか分りません。まあ何という夜でしょう。それはそれは寒い晩だのにストーヴの火はすっかり消えているし、氷を運んで来るような冬の凍った風が、気味悪く窓に打つかっていました。

　私は眠ってはいませんでした。失望と落胆とでぐったりして目だけは開けていましたが、神経は麻痺して、だらりと足を投げ出したまま、時間の経つのも知らなかったのです。

突然、玄関のベルがけたたましく鳴って、墓場のような寂しい、がらんとした空っぽの家の中にそれが鳴り響きました。私は吃驚して大時計を仰ぐとかっきり午前の二時でした。――こんな真夜中に何人がやって来たのだろうと思ってむっくりと起ち上りました」

そこまで話してきた時、傍のお嬢さんが弱々しい声で何かお父さんの耳許で囁いた。

「ウン？　部屋へ帰りたい？」

首を傾げてお嬢さんに云いながら、今度は私の方を向いて云い訳するように云うのだった。

「海気で体がしっとりしてきたから、もう部屋へ入りたいと申しますので――」

やっと話が面白くなりかけた処で、おしまいにしてしまうのも惜いが、それよりもせっかくお嬢さんの傍でいい気持ちになっているのに、心ない事をいう人だ。これで部屋へ帰られてしまったら、そして船が明朝港へ着けば別れ別れになってしまうのだ。二度ともう会う機会はないかも知れないのに、私は少しく感傷的になって寂しい別れ難い気持ちがするのだった。何とかして引きとめようと心で焦りながら、ついこんな下手なことを云ってしまった。

「お休みになりますか？　もう大分遅いようですな」

私は自分で自分をはり倒してやりたかった。何云ってるんだ。まるで心と反対なことを喋舌っている。馬鹿奴！　遅いから休むと云われてしまえばそれまでじゃないか。何という間抜けな拙いことを云ってしまったんだろう。私は心で悔みながら下唇を噛んでいると、相手の方では話の途中で

そんな勝手なことを云い出したので、気持を悪くしたとでも誤解したものらしく、

「いいえ、休むのではありません。ただ娘が夜気を恐れますので——。どうも体が弱いもんですから、とかく我意（わがまま）ばかり申して仕方がございません。何でしたら私共の室へお遊びにいらっしゃいませんか、続きのお話をいたしましょう」

彼等の部屋はどこにあるのだか知らないが、私の部屋の方が近いので私の方へ遊びに来るように誘ってみた。

「お差支えなかったら私の方へおいでになりませんか、部屋はこの階段を降りると直ぐ右手の角ですから」

最初お嬢さんの方は遠慮して来たがらない容子だったが、私が、頻りとすすめたので、遂々二人とも来ることになった。

お嬢さんには柔かいソファーをすすめ、向い合って椅子に腰かけた。何か御馳走でもしようかと思って時計を見るともう十二時を過ぎている。ボーイを呼ぶのも余り遅いし、それに一人でないとしても、こんな時間に女の訪問客はきまりが悪い。どうしようかと思っていると私の心を察したらしいお父さんは、そそくさと部屋を出て行ったが、直ぐ両手にウイスキーの瓶やチョコレートの箱などを持って戻って来た。

お嬢さんはコップにウイスキーを注いでお父さんに毒味をさせてから、私にも注いでくれた。

「さあ、先刻のお話の続きを聞かして下さい」
私はウイスキーのコップをなめるようにしながら云った。

「お一ついかが?」

お嬢さんはチョコレートの箱を差出して云った。私は手近の一つを取って口に入れた。

四、白い手袋

お父さんはウイスキーをぐっと呑み干してから、話のつづきを語り始めた。

「ベルがまた烈しく鳴りました。召使は誰も起きる容子がありません。仕方なく私は蝋燭に火をつけて、それを持ちながら階下(した)に降りてゆきました。そして玄関に立って、『どなたですか?』と訊こうと思いましたが、何だか気味が悪るいのです。自分の意気地なしが腹立しく恥(はずか)しくもなって、思い切って静かにハンドルを廻しました。しかし私の心臓は烈しく鳴り、恐しくって扉(ドア)を前にひけませんでした。

でも遂々思い切って扉をさっと開けますと、ヴェランダの陰に白いものが立ってるのです。私は体がこわばって動けなくなってしまいました。

『ど、ど、どなたですか?——』

『お父さま。私ですよ』

娘の声じゃありませんか、思わずぎょっとして一歩後に退りました。

『私なのよ、お父さま』

私は自分が発狂したのだと思いながら、すうっと入って来た白いものに追われるように、少しずつ後退さりを始めました。それを追い出そうとして、昨日(きのう)食事中にごらんになったあの空中に文字を書くような、変てこなヂェスチュアをやったのです。すると、白いものが云いました。

『恐がってはいやよ。私は生きていたのよ。死にやしません。誰だか指輪を盗もうとして私の指を断ったのよ。血が流れて、その痛さで気がついたんですの』

血のしたたっている手を見ました。白い着物はもう血だらけでした。

私は息が吐(つ)けなくなりました。夢なんだか、事実(ほんと)なんだか分りません。化物にしろ、何にしろです、娘の形をしているのですから、嬉しくって夢中でその手を取りました。その手は死人のように冷(つ)めとうございました。

私は娘を抱くようにして自分の室へ連れて来ました。肱掛椅子に寄りかからせて早速傷の手当をいたしました。そして娘の真青な顔に凝と見入りました。お化けではありません。確かに娘です。

私は何だか急に胸が一杯になって、狂気のようになり娘の膝に頭をのせ咽(むせ)び泣きをいたしました。

軈(やが)て少し心が落ちつきますと、室内の余りに冷えきって寒いのに気がつきました。いそいでストーヴに火を焚きつけました。何か暖かいものでも食べさしてやりたいと思って、烈しくベルを押し黄を呼びました。

黄はいそいで飛んで来ましたが、娘の姿を見て立ちすくんでしまいました。死んだと思っている人がそこにいるのですから、それは誰しも驚くのは当り前ですが、黄の驚き方はまた普通じゃありませんでした。恐しそうに呻き声を上げながら、急にわなわなと慄え出したと思うと、突然狂気のようになって外へ飛び出してしまいました」

私はお父さんの話を聞いているうちに少し眠気を催してきて、生欠伸を噛み殺しながら、それでも一生懸命になって眼だけは開けていた。彼はまた言葉をつづけて云うのだった。

「墓を開けたのは執事の黄の仕業でした。彼は娘の指を断って指輪を盗み、素知らぬ顔をして家へ帰って来ていたのです。私が黄を信用しているので、大丈夫自分に疑いがかかるはずはないとたかをくっていたのでしょう、が、天罰とでも申しましょうか、黄は余り慌てていたので、掘り返した棺の蓋に釘を打つことを忘れたんです。オヤ、貴方はお眠りになっていらっしゃるんですか？」

そう云う声を私は遠くの方で聞いたように思った。

それきり何も分らなくなった。

五、失神

船が着いて、船客は一人残らず上陸してしまったのに、まだ私が姿を見せない。部屋には鍵がかかっている。というのでまず第一に迎えに来てくれた同僚が心配をしはじめた。事務長に頼んで合鍵で開けてみると、室内は少しも取り乱されていないが、肝心の私の姿はどこにもない。どうも不思議だ。そこで船員達は手分けして船中隈なく探すことになったがやはり見つからない。勿論上陸していない証拠には荷物だってそのままに残っている。事によったら殺されたのじゃあるまいか、殺されて海中に投げ込まれたのかも知れない。などと云い出すものもあって、急に大騒ぎになった。

軈(やが)て水夫の一人が船底に近い物置部屋で私を発見したのだった。

私はそこで毛布に包(くる)まれて、死んだようになって眠っていた。

揺り動かされてもなかなか眼を開けなかった。が、軈て船員達や出迎えに来てくれた同僚の顔が段々判然(はっきり)と見えてきて意識を回復すると、急いで胴中に手をやった。そして愕然とした。

私は皆が止めるのもきかないで夢中で飛び起き、物置部屋を出たが、どこに自分の部屋があったのか見当さえもつかなくなった。

私はボーイに案内してもらって、自分の室へ入ると急いで中から鍵をかけた。

洋服を脱ぎ胴巻をとって改めて見たが、大切な暗号はどこにもない。大変だ！　かあッとして全身の血が一時に頭にのぼるように思った。

眩暈（めまい）がして倒れそうになったが、軈ていくらか落付きを取り戻し、冷静になると昨夜からのいろいろのことが頭に浮んできた。

ウイスキーを飲んだ。チョコレートを食べた。お父さんの話を聞きながら眠くなって――。それからあとはどうしても思い出せない。

しかしどうして私を物置部屋まで運び込んだのだろう。暗号を盗むだけが目的なら、そんな手数をかけないで殺してしまえばいいじゃないか。また殺さないでもあれほど意識を失なっているのだから、暗号を取り出す位何でもあるまい。わざわざ遠方の船底近くまで連れ込まないだって、と、ここまで考えてきた時、始めて彼等の用意周到な計画に気がついたのだった。

乗客が上陸してしまってから、私の紛失に気がついて、船員達が発見するまでには相当の時間がかかる、彼等はその時間が欲しかったのだ。その間に充分ある目的を達し得られる、それには容易に発見出来ない物置部屋のような処を選ぶ必要があったのだろうが、しかし私としてはむしろ殺された方がよかった。この重大な過失をやった私はまあどうしたらいいだろう？　そう思うと、全く生きているそらはなかった。が、一刻も早く訴え出なければならない。愚図々々している場合でないので、悲壮な決心をして立ち上り、ズボンに手を突込んで手巾（ハンケチ）を出そうとした拍子に、ぱらりと落ちた紙片があった。小さく折り畳んであったが、ちょっと気にかかったので拾い上げてひろげてみた。

『あなたは嘗て、トワンヌのなかにあるチックという小説をお読みなったことがありますか？

あなたの興味をそそった物語は、勿論私達の身の上話ではありません。

夫はある人への暗号通信以外に空中に英文を書く必要もないし、従って妻の白い手袋の中にある五本の指もみな無事について居ります。

愛国心に燃ゆる吾々が、ある目的のため危険を冒す場合に演じる一幕は、役者が命がけでやっている芸なのですから、見物人が魂を奪われたって仕方がありますまい。しかもあなたの場合は薬で呑まされているのですから――。多分罪にはなるまいと思います。またそうあろうことを希望してやみません。一時にせよお互はよいお友達であったのですから。

無断で拝借した暗号はなるべく早くお返しするようにいたします。それまであなたが今のまま安らかに眠りつづけていて下すったら――、と念じつつ――』

そこまで読むと私はその紙片をびりびりに引裂いて床の上にたたきつけ、扉を開けて外へ出た。

「お待ちどおさまでした、さあお伴いたしましょう」

同僚と一緒に桟橋を降りると、そこに待たせてあった自動車に乗った。

羊羹

永井荷風

新太郎はもみぢといふ銀座裏の小料理屋に雇はれて料理方の見習をしてゐる中、徴兵にとられ二年たつて歸つて來た。然し統制後の世の中一帶、銀座界隈の景況はすつかり變つてゐた。仕込にする物が足りないため、東京中の飮食店で毎日滯りなく客を迎へることのできる家は一軒もない。もみぢでは表向休業といふ札を下げ、ない〱で顏馴染のお客とその紹介で來る人だけを迎へることにしてゐたが、それでも十日に一遍は休みにして、肴や野菜、酒や炭薪の買あさりをしなければならない。このまゝ戰爭が長びけば一度の休みは二度となり三度となり、やがて商賣はできなくなるものと、おかみさんを初めお客樣も諦めをつけてゐるやうな有樣になつてゐた。

新太郎は近處の樣子や世間の噂から、ぐづ〱してゐると、もう一度召集されて戰地へ送られるか、さうでなければ工場の職工にされるだらう。幸に此のまゝこゝに働いてゐて、一人前の料理番になつたところで、日頃思つてゐたやうに行末店一軒出せさうな見込はない。いつそ今の中一か八かで、此方から進んで占領地へ踏出したら、案外新しい生活の道を見つけることができるかも知れない。さう決心して昭和十七年の暮に手蔓を求め軍屬になつて滿洲へ行き、以前入營中にならひ覺えた自動車の運轉手になり四年の年月を送つた。

停戰になつて歸つて來ると、東京は見渡すかぎり、どこもかしこも燒原で、もみぢの店のおかみさんや料理番の行衞も其時にはさがしたいにも搜しやうがなかつた。生家は船橋の町から二里あまり北の方へ行つた田舍の百姓家なので、一まづそこに身を寄せ、市役所の紹介で小岩町のある運送會社に雇はれた。

一二ヶ月たつか、たゝない中、新太郎は金には不自由しない身になつた。いくら使ひ放題つかつても、ポケツトにはいつも千圓内外の札束が押込んであつた。そこで先洋服から靴まで、日頃ほしいと思つてゐたものを買ひ揃へて身なりをつくり、毎日働きに行つた先々の闇市をあさつて、食べたいものを食べ放題、酒を飲んで見ることもあつた。

夜は仲間のもの五六人と田圃の中に建てた小屋に寐る。時たま仕事の暇を見て、船橋在の親の家へ歸る時には、闇市で一串拾圓の鰻の蒲燒を幾串も買つて土產にしたり、一本壹圓の飴を近處の子供にやつたり、また現金を母親にやつたりした。

新太郎は金に窮らない事、働きのある事を、親兄弟や近處のものに見せてやりたいのだ。むかし自分を叱つたり怒りつけたりした年上の者供に、現在その身の力量を見せて驚かしてやるのが、何より嬉しく思はれてならないのであつた。

やがて田舎の者だけでは滿足してゐられなくなつた。新太郎は以前もみぢの料理場で手つだひをさせながら、けんつくを食した上田といふ料理番にも、おかみさんや旦那にも、また每晚飮みに來たお客。煙草を買ひに出させる度每に剩錢を祝儀にくれたお客にも會つて見たくなつた。進駐軍の兵卒と同じやうな上等の羅紗地の洋服に、靴は戰爭中士官がはいてゐたやうな本皮の長靴をはき、鍔なしの帽子を横手にかぶり、日避けの色眼鏡をかけた若きプロレタリヤの姿が見てもらひたくなつて、仕事に行く道すがらも怠りなく心あたりを尋ね合してゐた。

板前の家はもと下谷の入谷であつたので、その方面へ行つた時わざ／＼區役所へ立寄つて立退先をきいて見たが能くわからなかつた。もみぢのおかみさんは元赤坂で藝者家をしてゐた人で、その頃二十四五になつてゐたから、今は三十を越してゐる筈だ。旦那は木場の材木問屋だと聞いてゐたから、統制後、財産封鎖の今となつては何をしてゐるのだらう。事によつたら隨分お氣の毒な身の上になつてゐないとも限らない。と思ふと、猶更新太郎は是非とも行先を尋ねて、むかし世話になつた禮を言ひたいと云ふ心持になる。あの時分景氣のよかつた藝者やお客の姿が目に浮ぶ。おかみさんの友達で待合や藝者家を出してゐた姉さん達も數へれば五人や六人はあつた筈だ。その中どこかで、その一人くらいには逢ひさうなものだと、新太郎はトラツクを走らせる間も、折々行きかふ人に氣をつけてゐた。

或日のこと。東京の中野から小田原へ轉宅する人の荷物を積み載せて、東海道を走つて行く途中、藤澤あたりの道端で一休みしたついでに松の木蔭で辨當を食つてゐた時、垢拔けのした奥樣らしい人がポペラニヤ種の小犬をつれて歩いて來るのを見た。犬にもチヤンと見覺えがあるが、然しその名は奥樣の名と共に思出せさうで出せない。新太郎は辨當箱を片手に立上りながら、「もし、もみぢのお客樣。」と呼びかけ、「わたしです。この邊にいらつしやるんですか。」

「あら。」と云つたまゝ奥樣も新太郎の名を忘れてゐたと見え、一寸言葉を淀ませ、「いつ歸つて來たの。」

「この春かへりました。もみぢのおかみさんはどうしましたらう。尋ねて上げたいと思つて町會できいて見たんですがわからないんです。」

「もみぢさんは燒けない中に強制疎開で取拂ひ(とりはら)になつたんだよ。」

「ぢや、御無事ですね。」

「暫くたよりがないけれど、今でも疎開先に御いでだらうよ。」

「どちらへ疎開なすつたんです。」

「千葉縣八幡。番地は家に書いたものがある筈だよ。お前さんの處(ところ)をかいておくれよ。家へ歸つたら葉書で知らして上げやう。」

「八幡ですか。そんなら譯(わけ)はありません。わたしは小岩の運送屋に働いてゐますから。」

新太郎は卷煙草の紙箱をちぎつて居處をかいて渡した。奥樣はそれを讀みながら、

「新ちやんだつたね。すつかり商賣替だね。景氣はいゝの。」

「とても能(い)いんです。働かうと思つたら身體がいくつあつても足りません。皆さんにもどうぞ宜しく。」

新太郎は助手と共に身輕く車に飛び乘つた。

*　　　*　　　*

その日の仕事が暗くならない中に濟んだ日を待ち、新太郎は所番地をたよりにもみぢの疎開先を尋ねに行つた。

省線の驛から國道へ出る角の巡査派出所できくと、鳥居前を京成電車が通つてゐる八幡神社の松林を抜けて、溝川に沿うた道を四五町行つたあたりだと教へられた。然し行く道は平家の住宅、別莊らしい門構、茅葺の農家、畠と松林のあひだを勝手次第に曲るたび／＼又も同じやうな岐路へ入るので忽ち方角もわからなくなる。初秋の日はいつか暮れかけ、玉蜀黍をゆする風の音につれて道端に鳴く蟲の音が俄に耳立つて來るので、此の上いか程尋ね歩いても、門札の讀み分けられる中には到底行き當りさうにも思はれないやうな氣がし出した。念の爲、もう一度きいて見て、それでも分らなかつたら今日は諦めてかへらうと思ひながら、竿を持つた蜻蜓釣りの子供が二三人遊んでゐるのを見て、呼留めると、子供の一人が、

「それはすぐそこの家だよ。」

別の子供が、「そこに松の木が立つてるだらう。その家だよ。」

「さうか。ありがたう。」

新太郎は教へられた潜門の家を見て、あの家なら氣がつかずに初め一度通り過ぎたやうな氣もした。

兩側ともに柾木の生垣が續いてゐて、同じやうな潜門が立つてゐる。表札と松の木とを見定めて

内へ入ると新しい二階建の家の、奥深い格子戸の前まで一面に玉蜀黍と茄子とが植ゑられてゐる。新太郎は家の軒下を廻つて勝手口から聲をかけやうとすると、女中らしい洋裝の女が硝子戸の外へ焜爐を持出して鍋をかけてゐる。見れば銀座の店で御燗番をしてゐたお近といふ女であつた。

「お近さん。」

「あら。新ちやん。生きてゐたの。」

「この通り。足は二本ちやんとありますよ。新太郎が來たつて、おかみさんにさう言つて下さい。」

聲をきゝつけてお近の取次ぐのを待たず、臺所へ出て來たのは年の頃三十前後、髮は縮らしてゐるが、東京でも下町の女でなければ善惡のわからないやうな、中形の浴衣に仕立直しの半帶をきちんと締めたおかみさんである。

「御機嫌よう。赤坂の姐さんにお目にかゝつて、こちらの番地を伺ひました。」

「さうかい。よく來ておくれだ。旦那もいらつしやるよ。」と奥の方へ向いて、「あなた。新太郎が來ましたよ。」

「さうか。庭の方へ廻つて貰へ。」と云ふ聲がする。

女中が新太郎を庭先へ案内すると、秋草の咲き亂れた緣先に五十あまりのでつぷりした赤ら顔の旦那が腰をかけてゐた。

「よくわかつたな。この邊は番地がとび／＼だから、きいてもわかる處ぢやないよ。まアお上り。」

「はい。」と新太郎は縁側に腰をかけ、「この春、歸つて來たんですが、どこを御尋ねしてい丶のか分らなかつたもんで、御無沙汰してしまひました。」

「今どこに居る。」

「小岩に居ります。トラツクの仕事をしてゐます。忙しくツて仕様がありません。」

「それア何よりだね。丁度い丶時分だ。夕飯でも食つて、ゆつくり話をきかう。」

「上田さんはどうしましたらう。」と新太郎は靴をぬぎながら、料理番上田のことをきく。

「上田は家が岐阜だから、便はないが、大方疎開してゐるだらう。疎開のおかげで、此方もまアかうして居られるわけだ。何一ツ焼きやアしないよ。」と、旦那はおかみさんを呼び、「飯は後にして、お早くビールをお願ひしたいね。」

「はい。唯今。」

新太郎は土産にするつもりで、ポケツトに亞米利加の巻烟草を二箱ばかり入れて來たのであるが、旦那は袂から同じやうな紙袋を出し一本を抜取ると共に、袋のま丶に新太郎に勸めるので、新太郎は土産物を出しおくれて、手をポケツトに突込んだま丶、

「もうどうぞ。」

「配給の煙草ばかりは呑めないな。くらべ物にならない。戰争に負けるのは煙草を見てもわかるよ。」

おかみさんが茶ぶ臺を座敷へ持ち出し、

「新ちゃん。さアもつと此方へおいで。何もないんだよ。」

茶ぶ臺には胡瓜もみとえぶし鮭、コップが二ツ、おかみさんはビールの罎を取上げ、

「井戸の水だから冷くないかも知れません。」

「まア、旦那から。」と新太郎は主人が一口飮むのを待つてからコップを取上げた。

ビールは二本しかないさうで、後は日本酒になつたが新太郎は二三杯しか飮まなかつた。問はれるまゝに、休戰後滿洲から歸つて來るまでの話をしてゐる中、女中が飯櫃を持出す。おかみさんが茶ぶ臺の上に並べるものを見ると、鰺の鹽燒。茗荷に落し玉子の吸物。茄子の煮付に香の物は白瓜の印籠漬らしく、食器も皆揃つたもので、飯は白米であつた。

飮食物の闇相場の話やら、第二封鎖の話やら、何やら彼やら、世間の誰もが寄ればきまつて語り合ふ話が暫くつゞいてゐる中夕食がすんだ。庭はもう眞暗になつて、空の星が目に立ち松風の音が聞えて、時々灯取蟲が座敷の灯を見付けてばたり／＼と襖にぶつかる。垣隣りの家では風呂でも沸すと見えて、焚付の火のちら／＼閃くのが植込の間から見える。新太郎は腕時計を見ながら、

「突然伺ひまして。御馳走さまでした。」

「また話においで。」

「おかみさん。いろ／＼ありがたう御在ました。何か御用がありましたら、どうぞ葉書でも。」

新太郎は幾度も頭を下げて潜門を出た。外は庭と同じく眞暗であるが、人家の窓から漏れる燈影

をたよりに歩いて行くと、來た時よりはわけもなく、すぐに京成電車の線路に行當(ゆきあた)つた。新太郎はもとの主人の饗應してくれた事を何故(なぜ)もつと心の底から嬉しく思ふことが出來なかつたのだらう。無論嬉しいとは思ひながら、何故、當(あて)のはづれたやうな、失望したやうな、つまらない氣がしたのであらうと、自分ながら其心持を怪しまなければならなかつた。

ポケツトに出し忘れた土産物の卷烟草があつたのに手が觸(さわ)つた。新太郎は手荒く紙包をつかみ出し、拔き出す一本にライターの火をつけながら、主人は財産封鎖の今日になつてもあゝして毎晩麥酒(ビール)や日本酒を飲んでゐるだけの餘裕が在るのを見ると、思つたほど生活には窮してゐない。戰後の世の中は新聞や雜誌の論説や報道で見るほど窮迫(きゆうはく)してはゐないのだ。ブルジヨワの階級はまだ全く破滅の瀨戸際まで追込められてしまつたのではない。古い社會の古い組織は少しも破壞されてはゐないのだ。以前樂にくらしてゐた人達は今でもやつぱり困らずに樂にくらしてゐるのだ、と思ふと、新太郎は自分の現在がそれほど得意がるにも及ばないもののやうな氣がして來て、自分ながら譯(わけ)の分らない不滿な心持が次第に烈しくなつて來る。

國道へ出たので、あたりを見ると、來た時見覺えた藥屋の看板が目についた。新太郎は急に一杯飲み直したくなつて、八幡の驛前に、まだ店をたゝまずにゐる露店を見廻(まわ)した。然し酒を賣る店は一軒もない。喫茶店のやうな店構の家に、明い灯(ひ)が輝いてゐて、窓の中に正札をつけた羊羹や菓子が並べられてあるのを、通る人が立止つて、値段の高いのを見て、驚いたやうな顏をしてゐる。中には馬鹿々々しいと腹立しげに言捨てゝ行くものもある。新太郎はつと入(はい)つて荒々しく椅子に腰をかけ、壁に貼(は)つてある品書の中で、最も高價なものを見やり、

「林檎の一番いゝやつを貰はうや。それから羊羹は甘いか。うむ。甘ければ二三本包んでくれ。近處の子供にやるからな。」

烏恵壽毛

佐藤垢石

いよいよ、私は食いつめた。

昔、故郷の前橋中学へ通うころ、学校の近くに食詰横町というのがあった。五十戸ばかり、零落の身の僅かに雨露をしのぐに足るだけの、哀れなる長屋である。

住人は、窮してくると、天井から雨戸障子まで焚いてしまう類であったから、一間しかない座敷のなかの、貧しい一家団欒の様（さま）がむきだしだ。そこで、現在の戦災後の壕舎生活と、この食詰横町の生活と、いずれが凌ぎよかろうかと、むかし学生時代に眺めた風景を想い出して比べてみると、地表に住んで直接日光の恵みに浴するとはいえ、横穴の貉（むじな）生活の方が、戸締まりがあって寒風が吹き込んでこないだけ結構であろう。

ところで、われわれ学生は、食詰横町を通るたびに、

おいおいお前、試験のときカンニングはやめよ。

と、連れの学友にからかうのである。

嘘つけ、僕なんぞカンニングはやらないよ。やったのは君だろう。

白々しいや。この間も、僕の見ているところでやってたじゃないか。

あの時、ただの一度さ、はじめのおわりだ。

それならいいが、カンニングが癖になって世の中へ出てからも、カンニングをやるとひどいことになるぞ。

どんなことになる。

この食詰横町に住んでいる人物は、すべてカンニング崩れなんだ。社会生活にカンニングを用いれば、誰でもこの横町へ這い込まにゃならんよ。

こんな冗談を言い合って、笑ったものだ。

さて、私の場合であるが、私は世の中へ出てから、別段カンニングをやった覚えはなし、人の物をちょろまかした記憶もない。

だのに、食い詰めて、せっぱ詰まった。

会社をやめる時、退職金を一万二千六百円貰った。大正の末年の、デフレの大不景気時代であったから、当時の一万二千六百円と言えば素晴らしい。そのころ、とろとろと唇の縁がねばるような白鷹四斗樽が一本、金八十円前後で、酒屋の番頭が首がもげはせぬかと心配になるほどぺこぺこ頭を下げて、勝手元まで運び込んだものである。

この頃のように闇値横行のとき、一升三百円の酒を買えば、一万二千円所持していたところで、四斗樽一本でおしまいだ。しかるに、一升二円の酒を、一万二千六百円買えば、何升手に入りますか、と試問されても、頭がこんがらかり舌が吊ってしまって即座には返答ができないであろう。その退職金を懐中にし、途中で軽く一盃召し上がって、ひとまずいそいそとわが家へ帰った。

二

二階へ上がり、かたく家族の者を遠ざけ、一体百二十六枚の百円紙幣は、畳一枚にならべ得られるかどうかについて試してみたのである。ならべ終わって、私はにやにやとした。まさに豪華版であったのである。

その豪華版も、僅かに半年の間に呑み干してしまった。遺憾なく、まことに綺麗に呑んだ。ついで、祖先伝来の田地田畑を売り、故郷の家屋敷まで抵当に入れてしまった。爾来、七とこ八とこと借り歩き、身寄り友人、撫で斬りである。

同業内田百間は、借金の達人であるときいているが、彼とわが輩と対局しても、万が一彼に勝味があろうとは思わぬ。わが輩の腕前の方が筋がよろしいという自信を、固く持つ。

だが、如何に確かなる腕前を持っていようとも、最後の取って置きの、きり札である恩人まで借りてしまっては、あとはもうどうにもならぬ。

そこで、私は女房を攻めた。

はじめのほどはてんで私を相手にしなかったけれど、私が窮極に陥ったのを読んだらしい。流石に女房だけあって、箪笥の抽斗の奥の隅の底から、雑巾にも等しい襤褸包を持ちだした。それを、筍の皮でも剥ぐようにめくって行って、最後に出したのが、金三百円である。

そのとき、私は翻然真人間に返った。

しかしながら、この三百円をもって一家を支え行かねばならない。右を向いても左を向いても借金で不義理だらけ。友人には悉く信用を失い、誰一人就職の世話など、奔走してくれぬ。このままで、この三百円に物を言わせないとあれば、家族は路頭に迷い、前橋の食詰横町行きだ。学友との笑い話がほん物になって、遂にカンニング崩れとなるであろう。

思案、才覚、勘考、ありたけの知恵を絞った揚句、最後に三百円の資本をもって、めし屋を開業することに方針を決定した。なにしろ、資本が極めて薄いのであるから、東京の中央で店を開くなどは思いもよらない。まず場末を選ぶことになったのである。

中仙道の板橋方面、甲州街道の柏木方面、奥州浜街道の千住あたりを極力捜したのであるがいかに場末と雖も、資本金三百円をもって開店し得るような、街道に沿うところに、そんなささやかな貸家はない。しかし懸命になって捜し歩いた。とうとう、大井町の鮫洲の近くで一軒家を見つけた。京浜国道に沿ったところに、小料理屋が居抜きのままで譲るという。

茶碗、小鉢、椅子、卓子までつけて、金百円でよろしいというのだ。天の恵みである。家賃が三十円の敷金が三つの九十円。まだ百円あまり残っている。一日、大工を雇ってきて、店をめし屋風に改造した。

三

米が二斗で、四円六十銭、それに野菜、香のもの、魚類に牛肉、味噌醤油まで仕入れて二十円とはかからない。牛肉は、こま切れであるが、これで牛めしもやる方針である。

そこで、問題であるのは酒類である。女房は酒類を店に置くと、あなたが召し上がってしまうから、いけないという。私はめし屋に酒類がなければ、しょうばいにならぬと主張する。そこへ、近所の酒問屋から番頭が注文取りにきた。菰冠り（こも）の、にせ正宗四斗樽一本を、金四十円で入れましょうというのだ。

正宗と名がついていれば、にせでもなんでもよろしい。店の土間の正面に、菰冠りがどっしりと鎮座したのである。まことに重厚。華麗な風景だ。懐中に残り少しとは言え、しょうばいするのに、貧乏徳利で小買いをなし、ひそかに徳利に移して、あきないをしたのでは威勢が悪い。客の見物している前で、きゅうっと呑口をひねらねば調子が出ぬ。これでまず、お店繁盛疑いなし。

翌日、開業。午前六時には、ちゃんと女房がめしを炊いて、いつ客がご入来してもよろしいよう準備し、夜は十時までしょうばいした。第一日は、来客合計六人、売りあげ一円九十銭、二日目は、来客三十人で売りあげが一躍十九円六十銭也。夜、寝る前に売りあげの勘定をして女房と顔見合わせて喜んだ。

ところが、三日目から次第に客が減じて行き、来客平均十人程度で、売りあげが五円に達した日は罕だ。一日毎に、心細くなった。しかし、米櫃の米は遠慮なく減って行く。その筈である。私ら夫妻に老父、子供が五人、子守りの老婢と給仕の婢で都合九人、来客の数よりも家族の数が多いのであるから、僅かな売りあげではあせらざるを得ぬ。

そこで、心配になるのは菰冠りの問題だ。来客多数あり、盛んに銚子が売れれば文句はないけれど、このままであっては、日毎に陽気が暖かになって行く候であったから、にせ正宗では火が入ってしまうであろう。腐らせるよりも、わが輩が呑んだ方に意味がある。こういう結論に達した。それから呑んだ呑んだ。朝から夜半まで。客に売ったのは僅かに一斗あまり、三斗ばかりは二十日足らずのうちに、呑んでしまった。

それ、ご覧なさい。

女房は、四斗樽の運命に対して、己の予言の適中を誇るのであるが、ほんとうはこれからのしょうばいが駄目になったならば、自分達家族はどうして暮らして行くのかという切実な抗議が含みにある。

なにはともあれ、やはり店に酒類を置かねばしょうばいにならない。四斗樽は既に呑み干して空になったのであるから、その補充について問屋へ相談に行った。

そうですか、腹へ入れて置けば一番安心ですがね——。

これからの日本酒は陽気を食いますから、こうしなすっちゃいかがです。電気ブランがよいと思いますが。

電気ブラン？

ご存じでしょうがね、これは重宝なんですよ。一升八十銭が卸値ですがね。それをそのまま小さなコップに注いで売れば電気ブラン、これは強いですよ。少し水で増量してコップに注いで売れば、それがウエスケ。電気の方は一升で小さなコップに五十杯は取れましょう。一杯十五銭に売って、七円五十銭の売りあげ、水を混ぜてウエスケとすれば八十五杯は取れる。一杯十銭と見て、売りあげが八円五十銭。日本酒よりもこの方が商いがやりやすうございますよ。

酒問屋の番頭は、商売の秘法を教えてくれた。まことにありがたい。

直ちに、電気ブランを一升仕入れた。しかし変わらず店に客は少ないのであるから、私は毎日電気ブランばかり呑んでいた。十五日間ばかり続けて呑んだら、顔が丸くぶよぶよにむくんで、青灰色に化けた。

ストリップ修学旅行

小野佐世男

ran
lt Scotch Whis
tered
ur
WILD TURKEY
KENTUCKY STRAIGHT
BOURBON
WHISKEY
MADE IN LYNCHBURG
JACK DANIEL'S
100
PROOF
Tennessee
SOUR MASH
SMOKEHEA

1

この世の中にとんでもなく楽しいことが起ろうとしているのだよ、めったに無いチャンスだ、どーだい、一つ行って見る気はないかという。面白いことや、楽しいことというものは、がいして大冒険のともなうもので、それはめっぽうかいおっかないものではないかねと聞いて見たら、花と競う女の肉体美群にかこまれて酒を酌みかわし遊ぼうというのである。それじゃまるで絶海の女護島（にょごのしま）に漂流してうれた肉体を持て余してどうしたらよかろうか、ともだえなやむ女群の中に飛びこむ様なものではないか。まあ、そうしたものだろうなあという。

一年を十日で暮すよい男とは相撲取りで、同じ裸でも一年を三百六十三日で暮すストリッパーは、マアお相撲さんはうらやましいわと、裸になりっぱなしの彼女達は嘆くのである。初夏と秋のたった二日の慰安旅行が裸姫の待ちに待った唯一の楽しい休みの日で、今日こそほんとの裸になって自由気まま舞台の垢をふるい落し、小うるさいバタフライをさらりと投げすて、心の向くまましたいざんまい、ざっくばらんの無礼講、伊豆の伊東の温泉しぶきに日頃の欝憤（うっぷん）厄落し、裸女姫の一大饗宴が開かれると云う、悪くないぞえ、おっしゃる通りの女護島、ここ一番度胸をすえて女身の祭礼に身を投じようではないか、とここに一大決心をしたのである。

2

東海道は日本晴れ、伊豆、伊東行き温泉特急はフル・スピード、浅草にその名を知られたストリップ劇場、浅草座、美人座の、ピチピチとした生きのよいストリップ・スター諸嬢に、演出、照明、舞台美術、マネージャーに振附け師、社長を入れて五十数名、にぎわしく車内におさまっている。日頃は舞台でバタフライをチョッピリ附けただけの彼女達が、今日は思い思いのドレスにぴったり姿体をつつんで、帽子なぞをまぶかにかぶっているので、どれがシルバーローズか、マリヤ・マリーかわからない。車窓から流れ込む初夏の風にパーマネントの髪をなびかしている、これが有名なストリッパーの大グループとは誰が思おうぞ、ドレス・メーカーの春の旅行といった姿である。隣りに乗り込んだ何かわからぬ小旗を振る団体は、それ一升ビン、それビールだ、酒のさかなだと、まるで華々しく、こちらの方がストリップ劇場グループではないかと最初はまちがえたくらいである。

「キミイー、ほんとかい、この姿は、まるでトラピスト修道院の修学旅行みたいじゃないか、それに洋服の好みも黒やグレーでまるで渋好みじゃないか、一体これは、びっくりするなアー」

と、まるで約束がちがうように嘆いた。

「ストリップ・ガールというとまるでものすごい女と、思っているのでしょう。大違いですよ、舞台ではあのようにオッパイをはずませたり、おしりを振ったり、そりゃあ、人みしりなんか一かけもありませんが、私生活は想像もつかぬ内気なものですよ、そんりゃそこいらのお嬢さんの方がずーっとものすごいですよ」

と、森マネージャーの弁解である。

「これでお宅の踊り子さん全部ですか」

「いや、よいところが二、三欠けておりますよ。何にしろこの温泉旅行が無軌道なもので、ついている男が心配ではなさないのですよ、それに一年にたった二回のお休みで、仲間どころか、二人でしん猫をきめこんで価千金というところでしょうなアー。無理もありませんや、十日変りの舞台のあいまに次の御稽古、徹夜こそすれ一年中休むひまがない、生活ですからなアー」

と、なかなかこの森さん人情家である。

「その男ていうのがすぐついてしまうのですかなアー」

「いや彼女達は特別純情派ですよ。すぐ情にほだされちまうんですなアー。それにストリッパーというものは、寿命が短いですよ、五年がせいぜいですなあー。この時代にうんと稼ごうとあせっています、内でも引っこぬきなんかされないように高給を無理していますよ。彼女達大した金のつかい道がないのでなかなかの金持ちですよ」

「そこで男道楽が始まるというわけなの」

「いやその彼女達はいつも束縛があるし、なにか自分で思いきりいうことを聞く、自由にしたいものがほしいのですよ。そこで何んでも自由になる男がほしい気持ちで金をつかうのですなアー」

　と、森さんはＹシャツの新しいやつを三枚ばかり出して、しわをのばし始めた。

「何んです、そんなにＹシャツを用意して、まるで永の旅に出るようじゃありませんか、案外お洒落ですな、あんたは」

「いやーこれにはわけがありましてな、彼女達今夜の宴会から夜明けまで、そりゃ大変なのですよ、酒がまわるにつれて勇ましくなりまして、いつも私達は裸にされているんだ、今夜は、ぎゃくに男性を裸にしてしまうんだと、ワァーとあつまって来てアレヨアレヨと云うまに素っ裸にされちまうんですよ。まったくこっちはたまりませんや、抵抗するのでＹシャツやパンツは、ずたずたに破かれましてな、その用意にこれこの通りなんですよ」

　ぎょっとして、彼女達をあらためてながめ廻すと、ボンボンをしゃぶったり、チュウインガムを伸したり、読書にふけったり、あいかわらず静かなのですが、なんとなく、原爆の破裂する寸前のようなぶきみさを感じるのは、あのいたずらっぽい瞳のせいであろうか。その時である。ワァーという歓声と共にお隣りなる団体、温泉につかぬうちからモー一升壜がずんずんとあけられ、電車の動揺に酔いのあふりを喰ったかはやみだれて唱いわめく男女、中でも主人格のマダムが手拍子に浮かれてエイヤサッと踊り出したが、何んとこれが、器用にワンピースをぬぎ、スリップをぬぎ、アレヨアレヨと思う間もなく、ヅＲＯス一つのストリップ。はずみ上る乳房の乱舞。アッ！と驚く本

物のストリッパー連、

「アーラ物すごい、すっかりお株を取られちゃったわ」

と鳴りを沈めてびっくり仰天、どぎもをぬかれながら温泉特急は伊豆の駅についたのでした。

3

空は青空、温泉街はしごくのどか、湯の町エレジーがのんびりと流れてくる。ワイワイはしゃぐ劇場連を迎えの自動車に送って、こちらは散歩。土産店の前でバッタリ会ったのが伊東の住人尾崎士郎先生、いったい今頃どうしたわけかと不思議そう。実はストリップ・ガールの大宴会がありまして、それに客分として参加するしだいを申しますと、そんな面白いものなら是非僕も仲間に入れてもらいたい、僕はストリップというものをついぞ一度も見たことがない、願ってもないよい機会にめぐり会ったものだ、是非是非との事で、こちらは一人でも味方のほしい、ではYシャツを一つ御用意願いましてということにあいなった。

4

鮎が住むという松川の河畔なる温泉旅館松川館の大玄関には、浅草座美人座御連中、の立看板が湯客の眼を引いていた。内には鮎よりピチピチした彼女達が湯にほてったからだを浴衣に包んで色めきたち、サリー、ジーン、セーラ、滝、シルバーなぞ名の張られた客間がずうぃとならび、嵐の前の静けさである。さて定刻の六時となれば、熱帯の花が競うよう、陸続と彼女達は大広間に現れ、いよいよ女護島の幕は切って落されたのである。社長を上座に、ぐるっと大円陣の前には酒さかなの美事な膳部がならべられ、自慢の肉体をお揃いの浴衣ににおわし膝をそろえた盛大さは、さながら女親分の総会もかくやあらんというありさま。

「さて皆様、いつも御無理をお願いするにもかかわらず、熱心に舞台を御つとめ下さいましてありがとうございます。本日はこのようなささやかなおもてなしでございますが、吉例によりまして皆さんと大いに愉快な舞台をはなれて楽しい一夜をすごしたいと思います。いつも皆さんは、裸にばかりなっておられるので今宵だけはどうか湯の街の綺麗どころの三味線がなりましても、大切に身体をしまっておいていただきたい」

……ヨウヨウそのかわり男性は裸になってサービスウ……と拍手が起る。

「どうかいつもきゅうくつにはめておられるバタフライを、今夜はおとりになって心おきなくゆっくりとおくつろぎ下さい。これは心ばかりの本日の贈りものですが」

と大入袋がめいめいにくばられた。

「お酒もビールも充分に用意してありますから、どうか不夜城のつもりで大いにやって下さい、そして、又明日から舞台で大いに色っぽいところをお客様にサービスをしてあげて下さい。では皆さん乾盃いたしましょう」

社長のあいさつと共に無礼講の膝小僧がくずれたのである。

美妓のお酌に盃は廻され、その飲みっぷりの美事なこと、赤い唇にグイグイと酒は流れ込む。早や上気してあつい息をはくのはナオミさん、髪をバッサリ振って眼もとを桜色にポーとさせたのはマヤさん、襟元がくずれて水色のシュミーズが顔を出したのがシルバーさん、皆さんどうも肉体に何かまとっているのは生れつき御気にめさぬらしい。

女性の飲みっぷりというのは、男性とちがってチビリチビリ味わうといった風でなく、まして今夜のように十八から二十一、二の娘盛りは酒に酔うという尺度なぞ決して考えに入れていない。いや、もーひやひやと心配になるのは私だけではない、お隣りの尾崎士郎さんも大切な器が砕(くだ)けるのを見るようにひどく心配顔である。

浴衣一枚に紅のしごき、のぞき出た餅の肌はちらりちらり、紅に散って五彩の虹、さしもの大広間は花のこぼれるような酔女の群。どっと我慢のせきが切れてやわ肌は時ならぬうずきを見せてと

ろけるまなざし、一せいに男側をねめつけて、

ヤー　ホー

とばかり立ちあがり、しどろにはだけたゆかたに白い肌をちらつかせ、一列にならんだ散兵隊、女軍突進さながらに勢いはげしくおそいくる、その迫力にたじたじと、思わず胸をどきつかせ、坐りなおして太ももをしっかりつけて脚もがたがた。

「ネー先生、一ぱいいかが」

と、尾崎士郎旦那の前に坐ったのは、眼をうっとりさせた星ひろ子さん、

「私ねー、人生劇場大好きよ、青成瓢吉（あおなりひょうきち）みたいな人好きですわ」

案外静かな彼女の様子に尾崎旦那は、やれ安心、僕の前にたおれる如く現れたのは、いすずあけみさんというストリッパー、けむのようにやわらかいパーマの髪をなびかして、グイッと盃を飲みほすと、

「わたし、ストリップ・ガールに見える」

「そうだなアー、そおやって浴衣を着ているところは、お人好しのオモチャ屋のお姉さんといったところかな」

「オホホホ、わたし、とても子供が好きなの、無茶苦茶に好きなの、いつでも道を歩いて子供に会うといっしょに遊びたくなるの。おんぶしている赤ちゃんがいるとあやしちまうの。とてもとても

可愛くなってしまって持ってっちまおうかな――と思うのよ。わたしの一番やりたいと思っていることわかる」

「ストリッパーでしょう」

「ちがうちがう、幼稚園の先生なの、どーしてもなりたいの、サアー一ぱい、ついで、ちょうだい……」

一息にのみほし、胸をふくらませると、

「幼稚園が駄目なら保姆さんになりたいの、なりたいわ、泣きたくなるくらいなりたいわ私！　舞台に出る前保姆養成所に願書出したの、いつまでたっても返事が来ないのよ。くやしくってくやしくって泣いちゃったわ。あとで聞いたら途中で握りつぶされたの、でも一生死ぬまでになりたいわ。子供ダーイー好き、小野の旦那、あんたお子さんある」

「ウン！　三人いるよ」

「一人くれない」

「やだよ」

「くれなけりゃ、そっと盗んじまうから」

彼女は子供々々と次々盃をさして行くのである。梯子酒というのは知っているが、いすずさんのように子供酒は初めてである。

次に情熱のかたまりのようなマヤ笑さん、襟がはだけて奥の方に丸い乳房が月のように浮かんでいる。

「今日は逃げても駄目、裸にしちまうから」

「おどかすなよ」

「おどかしじゃないわよ、吉例のいけにえだもの……あたしあたし、とても悲しいのよ」

ストリッパーというのは、すぐ泣きたくなったり悲しくなったりするらしい。

「あたし蛇の踊りがしたいの、蛇大好きなの、うちに三匹飼ってんだわ、とても可愛いわよ、だけれど社長さんは、蛇はグロテスクでお客がいやがるから、やっちゃあいけないというのよ、わたしとても悲しいわ」

「僕も蛇はあんまり好かなかったのだけれど南方にいた時、長さ十五尺もある錦蛇を飼っていたんだよ、鵞鳥をのみに来たのをみんなで生捕りにしたのだけれど、これが思ったよりおとなしくってね、マヤさんがいうようにこっちが可愛がると蛇はまるで犬のようになつくものだね」

「あらあんたも蛇好き、マアーうれしい」

彼女は御膳をひっくり返して抱きついてきた。

「今度私の蛇見せてあげるわね、こんあ事なら、ハンドバックに入れて来ればよかったなアー」

と彼女、蛇のことについてはモー夢中である。

「僕は熱帯地でとても熱いでしょう。だから大蛇といっしょにベットに寝ていたんだよ、大蛇め僕の手枕をして、いびきをかくのだもの驚いてしまった。だからうるさいッて頭を軽くたたくと、すみませんてな顔をして寝がえりをしたよ」

「アハハハハ、ほんとね、蛇っていびきをかくわねー、アハハハハ」

マヤさんの笑い声にまじってにぎやかな手拍子がわき起ったので眼を転じると、これはおどろいた、女だてらに眼を皿のようにして歯をむき出し、保姆になりたいなの、あけみさんがゴリラ踊りをやっているではないか。いやそれより驚いたのは、エイうるさいとついに、浴衣をかなぐりすてたのか、あちらこちらにシミーズ一枚、ズＲＯス一つの彼女たち、抱き合ったり、またがったり、乳房を柱にぶつけてトレーニングしたり、おたがいの髪をつかみ合いをしてたわむれたり、まろびつころびつ女体の相打つ響が白い餅をつくように心地よげな音をたてている中を、

「降参々々々々」

と男性が五、六人の女軍に取りまかれ、身につけているもののすべてをはぎとられまいと必死となって抵抗する。滑稽な逃げまどう姿。聖歌がどことなく鳴りひびくような女群のわきたつ群像は、さすがは舞踊芸術に生きる彼女達の自然ににじむ明朗さで、少しも不潔感も不快感もちりっ葉ほども見えぬのは一体どうしたものか。むしろ清流に遊ぶ人魚のたわむれるような心地よさが、みなぎっているのは、天心爛漫、童心にかえったあまりにも自然の姿なのであろうか。私は外分をかざり、

いやしみとへつらい、讒訴(ざんそ)と虚偽を内に秘した、会社の慰安温泉旅行の仮面をかぶり汚濁に満ちた宴会よりも、心もなにも裸にさらし酒の神(バッカス)と踊りたわむるこの裸の祭典にまさるものが他にあろうか。宴は益々最高潮、舞台のつもりでつい浮かれでて、浴衣をぬぎ、美事にぬいだストリップ。アッ！今日はバタフライをつけてなかったか、気がついたが後の祭り、ワアーとはやされ逃げ込むおかしさ。

「サアサアサア今度はかくし芸かくし芸」

「ナニいってるのさ、こう真っぱだかじゃかくすところなんかありゃしないわよー」

滝まさみさんの本調子かっぽれ、続いて星ひろ子さんの日本舞踊、せっかくうまいところを見せようとするのにワアーと群りくる酔女群スルリスルリと着衣をすべり取る。ゆで玉子のように裸にされて、舞台では平気な彼女達、今宵ばかりはキャッと前をおさえて逃げ込む姿もおかしく、マヤじゅん子さんの秘中の秘芸、サラリと浴衣がすべり落ちれば眼もあざむく曲線美、身体のあきちにビールびんかん徳利のアクセサリ、器用に飾っての一踊り、その美事さに思わず歓声、とたんに開け放された屋外の闇の中、ガランドシンの大音響。屋根に登って盗み見の旦那が下に落ちたらしい、いやとんだ罪つくりのストリップ宴会。森マネージャーが耳のそばで、

「ちと荒れぎみでさあ、これからがストリップ台風が吹きまくるのですよ、部屋の唐紙をおさえていても駄目ですよ。陽気な風娘は飛びこんでシャツもパンツも吹き飛ばしてしまいますぜ」

　これは大変と尾崎士郎旦那ははや浮き腰、

「キミイ、これはまったく危険だぜ、早く逃げ出そうぜ」

　二人はあわてて廊下に飛び出した。

「アラ先生！　逃げるの、逃がさないわ」

　ともはや、はやてが吹いて来た。酒にたおれた風娘が階段の下、廊下の真んなか、ドサリ、ドサリ伸びている。

「しっかりしなけりゃ駄目よ――」

　と抱きおこす仲間の風娘もやわらかい乳房を重ねてぐったり伸びてしまうものすごさ。サットー陣、はやてがかけ降り、

「待てエー」

　と叫ぶストリップ台風、風速正に三十米、

「ソレ来た！」と、二人はだしで外へ飛び出しやっと一息。

「おい君、あのものすごい台風が静まるまでどっかで一つ飲みなおそうよ」

金魚は死んでいた

大下宇陀児

Food
MENU

一

「おやおや、惜しいことしちまつたな」

思わず口から出たひとりごとだつたが、それを聞きとがめた井口警部が、ふりむいて、

「なんだい。何が惜しいことしたんだね」

というと平松刑事が、さすがに顔を赤らめひどく困つた眼つきになつて、

「いえ……その……金魚ですよ。こいつは三匹ともかなり上等のランチュウです。死んでしまつているから、どうも惜しいことしたと思いまして」

と答えたから、捜査の連中も鑑識の連中もあぶなくぷッと吹きだすところだつた。

眼の前に、人間の死体があつた。

庭先きの土の中に、大ぶりな瀬戸物の金魚鉢が、ふちのところまでいけこんであつて、その鉢のそばで、セルの和服を着、片足にだけ庭下駄をつつかけた人間の死体が、地べたに這いつくばつている。

のちにわかつたが、死の原因は青酸加里による毒殺だつた。死体の両手がつきのばされて、鉢のふちに掴みかかろうという恰好をしている。多分被害者は、苦しみもがき、金魚鉢のところまで這いよつてきて、口をゆすぐか、または、鉢の中の水を飲もうとしたのだろう。その時、まだ口に残

つていた毒が水中へしたたりおちたために、金魚も死んだのだと思われる。しかし、問題はこの毒殺死体だつた。断じてまきぞえをくつた金魚ではない。だのに、人間の死体のことではなくて、死んだ金魚のことを先きにいつたから、いかにもそれは滑稽(こっけい)な感じがしたのであつた。

事件は五月六日の朝、発見された。

場所は、岡山市の郊外に近いM町で、被害者は、四年ほど前まで質屋をやつていて、かたわら高利貸しでもあつたそうだが、目下は表向き無職であつて、それもたつた一人きりで暮していた刈谷音吉(かりやおときち)という老人である。

発見者は、老人の家のすぐとなりに住んでいて、去年あたり開業した島本守(しまもとまもる)という医学士だつたが、島本医師は、警察へ事件を通報すると同時に、大要次のごとく、その前後の事情を述べた。

「私は今朝急患があつて往診に出かけました。ところが往きにも帰りにも、老人の家の門が五寸ほど開きかかつていたから、へんなことだと思つたのです。近所でもよく知つていることですが、老人はかなりへんくつな人物です。ひどく用心ぶかくて、昼日中でも、門の内側に締りがしてあり、門柱の呼鈴を押さないと、門をあけてくれません。私は気になりました。となり同士だから、時々口をきき合う仲で、ことに一昨日は、私が丹精したぼたんの花が咲いたものですから、それを一鉢わけて持つて行つてやり、庭でちよつとのうち、立話(たちばなし)をしたくらいです。私は老人には、その時に会つたきりですけど、どうも気になつてなりません。それで、帰宅後三十分ほどしてから、老人の家へ行つて見たのですが、……」

そこは医師だから、すぐにもう毒死らしいと気がついたのだという。

その時、すでに体温がなかつた。

島本医師の意見でも、またあとできた市警の医師の意見でも死んだのは前日の夕方からかけて九時頃までの間らしい。大輪の花をつけたぼたんの鉢が、金魚鉢にほど近い庭石の上にのせてあつた。その花は、のめずり倒れた老人の死体を、笑つて見おろしているという形で、いささか人をぞつとさせるような妖気を漂わしている。

家の中は、昼間なのに、電灯がついていたが、これはむろん、事件発生当時からつけつぱなしになつていたのだろう。庭へ向いた縁ばな——金魚鉢から六尺ほどのへだたりがあつたが、その縁ばなにウィスキイの角びんと、九谷らしい盃が二つおいてあつた。一つの盃からは、ハッキリした被害者の指紋が検出されたが、他の一つには、何かでふいたものと見えて、全然指紋がついていない。しかしこれで大体の推測はついた。

すなわち老人は、多分縁ばなに、庭下駄をはいて腰をかけ誰かとウィスキイを飲んでいたものであろう。

しらべると、びんに半分ほど残つたウィスキイに青酸加里が混入してあつた。だから老人は、それを一口か、せいぜい二口飲むと苦しくなり、金魚鉢のそばまで這つて行つて死んだのにちがいない。犯人はウィスキイの相手をしていたが、むろん、自分は飲まずに老人にだけ飲ませた。そして、老人の死んだのを見とどけてから、自分の盃のウィスキイをびんに戻し、かつ指紋をぬぐいとつておいて、悠々と……もしくはいそいで、この場を立去つたのである。

係官たちは、捜査に専念しだした。

屋内はべつに取乱されず、犯人が何かを物色したという形跡もないから、盗賊の所為ではないらしく、従つて殺人の動機は、怨恨痴情(えんこんちじょう)などだろうという推定がついたが、さて現場では、とくに目星しい発見は何もない。

この時、またおかしかつたのは例の平松刑事が、相変らず金魚のことを気にしていたことである。よほどの金魚好きにちがいない。彼は、死んだ金魚が三匹で一万円はしたろうということや、自分は月給が少なく、とてもあんなのは買えないということを、くりかえし同僚に話したし、また事件発見者島本医学士にまで、同じことをいつた。

「私は、女より金魚の方が美しいと思うんですよ。あなたは庭で老人と立話しをしたつていいましたね。その時金魚は、どんな恰好してました?」

「さア、とくに注意して見たわけじゃありませんからね。しかし美しい金魚だとは思いましたよ。ひらひら游いでいましてね」

「そうでしょうな。私もそれは見たかつたですよ」

刑事は、真実残念そうに、ため息をしているのであつた。

二

被害者刈谷音吉老人は、もと高利貸しでへんくつで、昼日中でも門に締りをしていて、呼りん(よび)を押さないと、人を門内(もんない)へ通さなかつたというほどに用心ぶかく、それに妻子はなく女中もおかず、たつた一人きりで暮していたというのだからそういう特徴から判断してみて、捜査の手懸りは、かえつてつけやすいほどのものであつた。

当局は、日ならずして、三人の容疑者を見つけだすことができた。

三人ともに、老人の家へ時々出入りしているという事実がある。そこから着目してある程度の内偵を進めて、その容疑者を、べつべつに任意出頭の形で警察へ呼び出し、井口警部が直接に訊問(じんもん)してみた。

第一の容疑者は、青流亭(せいりゆうてい)というかなり大きな料亭の女将であつて、進藤富子という女だつた。ほんとうの年はもう五十に近く、しかし、磨き上げた美しさで、三十を少し越したぐらいにしか見えない。その訊問の模様は、大略(たいりやく)次の如きものであつた。

「あなたは五月五日の夜夕方から十二時頃まで、どこにいましたか」

「べつにどこへも行きませんわ。ちゃんと自分のうち、青流亭のお帳場にいましたよ」

「ちがうでしよう。女中から板前まで調べてある。夕方出かけて、十二時ごろ、タクシーで帰つたことがわかつている」

「おやおや、たいそうくわしいんですこと。——じや、申しますわ。あたしは女手一つで、青流亭を切廻していますからね、人には言えぬ苦労もあるんですよ。ハッキリいうと、パトロンがあります。その、パトロンのところへ行つていたんですわ」

「パトロンというのが、殺された刈谷音吉じやないですか。こちらはあなたがあの老人のところへ、月に一回か二回、夜になつてから行くということをちやんと確かめてあるのですが」

「いやらしいこと、おつしやらないで下さい。刈谷さんは知つています。昔からの知合です。でも、あんなケチンボでへんくつな男に、どうして世話になんかなるものですか」

「すると刈谷老人のところへ月に一回か二回行く、その用件は何ですか」

「用件は……それは申せませんわ。ぜつたいにあたし、申しませんから」

中立を拒否したとなつたら、それを強いて言わせる権限は警察にもない。訊問はこれ以上にはあまり進まなかつた。

第二の容疑者は、金属メッキ工場の技師兼重役であり、中内忠という工学士だつたが、この人物は、刈谷老人に高利の金を借りていて、かなり苦しめられていたはずである。訊問すると、案外にも老人のことを、借金の取立てがきびしくへんくつだが、面白いところのある人物だといったし、また借金のことで、べつに怨恨など抱いてはいないのだと答えたが事実としては青流亭の女将と同じく、いつも夜になってから老人を訪ねるのが常で、ある時、ひどくはげしい口調で、二人が門の前で口争いをしていたのをみたという、近所の人からの聞込みもないではない。彼は、人柄としては、まことに温和な風貌の分別盛りの紳士である。趣味がゴルフと読書だという。そして、井口警部との間に、次のような会話があった。

「工場でやるメッキは、どんな種類のものですか」

「なんでもやります。小さなものでも大きなものでも」

「技術はとくに優秀だそうですね。むろん、電気メッキもやるのでしょうな」

「やりますよ」

「メッキの薬品は、どんなものを使いますか」

「いろいろですね。金銀、ニッケルやコバルトなどの化合物、そして酸やアルカリです」

「真鍮もやるのでしょう」

「ええ、もちろん……」

「その真鍮と銀のメッキではとくにどんな薬品を使いますか」

その時、中内工学士の顔色がかすかに動揺したのを、警部はすばやく気がついていた。それらの電気メッキでは、青酸加里の溶液が使用される。その予備知識があつて、ことさらに尋ねてみたのだから、自然にこちらも、注意ぶかくこの重役の態度を観察していたわけである。

工学士は、ゴクンと唾をのんだ。

そしてたばこに火をつけ、ゆつくりと、

「いけませんよ。老人の毒殺に用いられた青酸加里が、うちの工場にもあるつてことを、私の口から言わせようとしているんでしよう。ハッハッハ、たしかにあります。しよつちゆう使つていますよ。しかし、門外不出、取扱いには、十分注意していましてね。私にしても、そうみだりに持出すことはできない仕組になつているんですから」

と、平静な顔色に戻つて答えた。

五月五日夜のアリバイについて尋ねてみる。

すると当夜は、映画を観に行つたのだと答えたが、映画の題名をきくと、すぐに答えられない。単に西部劇だといつたが、テクニカラーかどうか、の質問ではすらすらと、

「テクニカラーでした。すばらしく美しいものでした。筋はありきたりの平凡なものでしたが……」

と答えている。

警察から、市内の全部の映画館へ電話で問合せをした。

その返事だと、五月五日の夜、着色にしろ無色にしろ、西部劇を上映していた館は一つもない。

「あの技師さんに張込みをつけておけ！」

井口警部は、鋭く部下に命令した。

三

青流亭の女将進藤富子も、工学士中内忠も、刈谷音吉毒殺犯人としての容疑は、かなり濃厚だと見てよいのだろう。

但し、当局側の見解では、まだ十分なきめ手がない。監視つきでひとまず帰宅を許したのであつた。

やがて井口警部は、第三の容疑者を呼び出したが、それは皮肉なことに、あの死んでいたランチュウを、刈谷老人の家へ持つてきたという金魚屋である。

四十五歳、名前が笹山大作だつた。

その容疑のもとは、中内工学士の場合と似ていて、金魚屋と老人との間に貸借関係があり、裁判沙汰まで起したという事実からである。金魚屋は、その住宅と土地とを抵当にして老人に取られて、再三再四立退きを迫られている。怨恨があるはずだと、当局は睨んだのであつた。

金魚屋は、見たところまことに好人物らしい男で、次のような申立を行つた。

「刈谷老人が殺されたことは知つているね」

「知ってますよ。いい気味でさ」

「おどろいたな。よっぽど憎んでいたと見えるね」

「そりゃ私は、ひどい目にあっているんですから——あのおやじくらい、ごうつくばりでケチンボで、人情なしの野郎はないですよ。あいつは税金がかかるから、表向きの金貸しをやめたが、相変らずもぐりの金貸しでした。多分、一億や二億の金はためていたと思うですが、これをまた、銀行にも預けず、株券にもせず、どこかにかくして持っていやがったにちがいないです。殺されたあとで、家の中から、札束の山が出たんでしょうね」

「ちがうよ。何も出ない。その点はこっちでも不思議に思っているくらいだ。何か知っていることはないのかい」

「さア、財産をどう処分していやがったか、そいつは私にゃわかりませんや。が、ともかくたいへんなおやじでした。こないだ、ひょっくりきましてね。私の利息がたまっている。利息の一部としてなるったけ上等の金魚をもってこいって、いやがるんです。私は、癪だから、三匹でせいぜい五千円というランチュウを、三万円だとふっかけて持って行ったんですが……」

「老人は金魚が好きだったのかね」

「どうですかね。あんまり好きでもなかったでしょう。しかし、行ってみると、尺五寸ほどの瀬戸の鉢が、庭の土にいけてあって、その鉢は、からっぽだけれど、水だけはってあるし、ぐるりに、白い砂をきれいにまいてあつて、かなり大切にして金魚を飼うつもりだつてことはわかりました。なんでも、生き物というものは、一度もまだ飼つたことがない、この金魚がはじめて飼う生き物だなんていいましてね。私は、これじやいけない。雨水がはいらないようにしたり、日よけも作り、猫の用心で、金網もあつた方がいいつてこと、注意しておいてやつたんですが、どうしました、あの金魚は、まだ元気ですか」

「元気じやないよ。老人といつしよに死んでしまつた。老人が口から吐きだした青酸加里で死んだのさ」

「あんれま、もつてえねえことしましたね。それじや、あの金魚は私が持つて行つてから、まる一日とたたねえうちに、死んでしまつたことになりますね」

「まる一日……というと、金魚をもつて行つたのはいつのことだね」

「五月五日の朝のうちですよ。金魚をよこせといつてきたのが、その前の日の夕方でしてね。どうしてだか、ひどくいそいでもつてこいつていうんでした。あいにくと、私のところには、利息代りになるほど金魚がいねえ。同業のところへ行つて、そこから持つていかなくちやならねえから、二日ばかり待つてくれといつたんですが、どうでも、いそいでもつてこいつていうんです。五月五日は、お節句で子供の日でしよう。ちよつとしたあてこみの日で、私は公園の方へ商売に行くつもりだつたんですが、しかたがない、方角ちがいのおやじのところへ、あのランチュウを持つて行つたというわけでさ」

老人が殺されたのは、その五日の夜だつたから、朝と夜との違いはあつても、同じ日に金魚屋が行つて老人に会つたという点が、なんとなく意味あり気に感じられる。

アリバイについて尋ねてみた。

すると金魚屋は、その頃の時刻だつたら、パチンコ屋にいたと答えたから、井口警部はその実否を、平松刑事に命じて確かめさせることにした。あの金魚好きな男に、金魚屋のことを調べさせるのも、ちよつと面白い、と思つただけのことである。

平松刑事は、ほかの方面での聞込みを漁りに出かけていたから、署へ帰つてすぐに、井口警部の前へ呼ばれた。

「どうだつた？　何か掴んだかね」

「はァ、ちよつとした筋でして……」

「ふーん、どんなこと？」

「刈谷音吉は、最近のことだが、だいぶたくさんに金塊を買いこんでいたそうですよ。古い小判などもあるそうで、これは地金屋からの聞込みですが」

「そうかい。そいつは初耳だな。よしきた。その件もなお念入りに洗つてみろ。それから君には、金魚屋とパチンコ屋のことを調べてきてもらいたいんだがね」

警部が話したのは、金魚屋笹山大作の申立てについてである。途中まで平松刑事はだまって聞いた。そして、ランチュウが老人の家へ届けられたのは、お節句の日の朝だとわかったとたんに、

「えッ！　なんですって、ランチュウは……」

叫ぶようにいって眼を輝かした。

四

「オイ、どうしたんだ。ランチュウがどうかしたのかい。死んでいたランチュウだよ」

警部の方もびっくりした顔になって聞きかえしたが、平松刑事は、

「え、そうですよ。死んでました。しかし、死ぬ前には、生きていたんです」

そういって何かの考えを、頭の中でまとめようとする眼つきになっている。

「ばかだな。死ぬ前に、生きていたのはあたりまえだろう」

「ええ……そうですね。それはたしかに、あたりまえですが……その生きていた時には、元気にひらひら游いでいたといいましたから……」

「ちよッ！　なにいってるんだ。ものが金魚だろう。生きていたら、ひらひら游ぐのだってあたりまえだぞ。それともランチュウってやつは、游がずに、しやっちよこ立ちでもしているのかな」

「あッ、そうか、それも……そうでした。ランチュウは頭が重いせいか、游ぎながらでも、しやつちよこ立ちになることが多いんですよ。――ええと、しかし、へんですねえ」

「どうも困つた男だな。いつたい何がどうしたというんだね」

「そうでした。すみません。わけをハッキリと話さなくちやいけなかつたんです。実は、この事件の発見者は、島本守という若いお医者さんでしたね」

「そうだよ。そのとおりだよ」

「ところが、その島本が、私に、金魚はひらひらしていて美しかつたといつたんですよ。――いや、そんなふうにいつたのじや、わかりませんね。事件現場での話です。私は、金魚のことばかり気にしていました。それから島本に、生きていた時の金魚はどんなだかつて聞いたんです。島本は、ぼたんの鉢を老人のところへ持つてきて、庭で老人と立話をしたというのですから、その時に、金魚を見たはずだと思つたからです。果して島本は、とくに注意はしなかつたけれど、金魚を見たつていいました。そして、ひらひらしていて美しかつた、といつたんです」

「わかつたよ。わかつたが、それがどうしたんだね」

「島本の話では、ぼたんの鉢を持つてきたのが、事件発見のあの日、つまり五月六日からいうと、一昨日(おととい)だといつたんじやないでしょうか。その時以来、老人には会わなかつたということもいつたはずです。ところが金魚があの土にいけた鉢の中へ入れられたのは五月五日、お節句の朝だということがわかつたんでしよう。六日からいつて一昨日は、つまり、五月四日にあたりますね。その時には、鉢の中に、金魚がいなかつたのじやないでしようか。いや、たしかに、見たはずはないんです。それを、私に、いない金魚を、島本は、なぜ見たんですか。いや、たしかに、見たはずはないんです。それを、私に、ひらひらしていたなんていつて……」

まわりくどい話しぶりだつたが、はじめて井口警部にも、このことの重大な意味がわかつてきた。

島本医師は、嘘をいつている。

金魚が死んでいたのを見て、多分その金魚は、前から飼つてあつたものだと考えたのであろう。まだ鉢に入れられていない金魚を、見たといつて話したのである。

「なあるほどね。こりや、おかしくなつた」

　と警部も首をかしげた。

「でしよう？　かんちがい、ということもあります。しかし全然いなかつたものを見たというのは……」

「大至急あのお医者さんを洗おうじやないか。何か出るよ。すぐとなりに住んでいるのだ。しかも医者だ。毒物の知識もあるはずだし、青酸加里だつて入手できるのだろう。……よし！　やれ！　パチンコ屋なんか、あとまわしでいい！」

　そうして二人は、いつしよに椅子を立上つてしまつた。

配下のほとんど全員に手配を命じておいて、はじめはしかし、島本守には見張りだけをつけ、事件現場の金魚鉢を調べた。

気がついたとなると、あとからあとからと新しい着眼点がひらけてくる。

小鳥一羽飼つたこともないという、ごうつくばりの因業おやじが、なぜ金魚を飼う気になつたか、その点にも問題がないことはない。

調べると、果してあつた。

金魚鉢は、ぐるりに、白い砂をしきつめてある。砂をはらいのけると、埋めたと見せた鉢が、すぽりと土から抜きとれるようになつているのがわかつた。そして、鉢の下は、みかん箱の大きさの空洞で、つまり、鉢の下に何かをかくしておく場所ができているのであつた。

残念ながら、その空洞は、文字通りの空洞で何もない。が金魚屋の申立て中にあつた老人の財産についての話と、平松刑事が地金屋から得て来た聞込みとを照らし合せてみて、誰の胸にもピーンと響くものがあつた。買いこんだ金塊や古小判である。それが前にはかくされていて、今はないというだけのことである。

金魚鉢の位置から、庭の楓（かえで）の葉がくれではあるが、島本医院の白壁が見えていて、もしその壁に穴があると、こつちを見おろすこともできるはずである。多分老人は、しばしば金魚鉢の下を覗きにきたことにちがいない。鉢に水があつただけでは、万一の場合人に怪しまれると気がついて、急に金魚を入れることにしたが、島本医院からは、前からして不思議に思い、老人の挙動を眺めていたものと考えられる。これでもう謎は、大体解けてしまつたのと同じになる。

「だいじようぶだ。やつつけろ！」

と井口警部は、張りきつて叫んだ。

五

医師島本守は、はじめは頑強に犯行を否認した。

が、家宅捜索をすると、時価概算一億円に相当する金塊、白金、その他の地金が居室の床下から発見されたため、ついに包みきれずして、刈谷音吉毒殺のてんまつを自供するに到つた。

自供の内容は、ほとんどあらかじめ当局側が想像していたのと同じである。

が、その中で、とくに興味深く思われたのは、金魚鉢に関しての彼の述懐であつた。

「私は、医師として、老人の神経痛をみてやつたことがありそれが口をききあつたはじめです。庭の金魚鉢に、何かかくしていると気がついてからは、近所からも爪はじきされている老人に対し、ことさら親切にしてやつて、そのかくしているものが何かということを知るのに努めたのでした。ある時老人が口をすべらし、金の売買が自由になつた話をしたものだから、ハッキリとそれは金塊だろうということがわかつたわけです。――ウィスキーは、時々老人が、縁側へ出て一人きりで、楽しそうにチビチビとやつているのを見ていましたから、ぼたんの鉢を持つて行つた時、わざと半分飲みかけのやつを、とくべつに味がいいのだからといつて、いつしよに持つて行つておいてきました。庭で立話しをしたというのはほんとうで、その時に、金魚鉢をよく見ておいたら、まだ金魚がはいつていなくて、水がはつてあるだけだとわかつたのでしようけれど、実は私は金魚鉢には、いつもわざと眼を向けぬように心がけていました。というのは、そんな挙動を見せて老人が私を警戒したら、という心配があつたからです。むろん、金魚鉢だから、金魚がいるのだとばかり、はじめから思いこんでいたのでして、だから、死んだ金魚も、ぼたんの鉢を持つて行つた時、ひらひら游(およ)いでいたはずだと考え、話しかけてきた刑事さんに、ばつを合せるような返事をしたわけです。あとで考えてみた時、事件発見者としての私は、何一つやりそこないをしなかつたという自信がありました。容疑はぜつたいにかからないものときめていたのですが、そんな小さな不注意がもとで、とうとう疑いがかかつたというのは、正直なところ、まことに残念でもあり、また悪いことは、やはりできないものだということを、しみじみ考えさせられた次第です……」

これで事件は完全に解決されたといつてよいのであろう。

ほかに、三人の容疑者があることはあつたが、むろんこうなれば、問題とするところは何もない。それらの人について調査の結果は、ついに発表されなかつたが、事件解決後、青流亭女将進藤富

子は、酔つて腹を立てた口調になつて、やはり、ある料亭の女将である女友達に向い、

「ばかにしてるのさ、あたしはね。ほんとうはあの高利貸しに、むかしお金を借りて、ひどい目にあつたことがあるの。しかえしをしてやろうと思つていたわ。しかえしに、色仕掛けで、たらしこんでしこたま金を出させてやろうと考えたつてわけ。ところが、ほんとうに因業おやじでどうにもならない。おまけに、嫌疑までかけられてさ。警察で、いろいろ尋ねられた時色仕掛けの話なんかできやしないし、つくづく、いやになつちやつた……」

と語つたし、メッキ工場の中内技師は、自宅でその妻に対し、

「いや、もう、ぜつたいにやらんよ。後楽園の鯉を釣りに行つてたなんてこと、気まりが悪くて人に話せやしない。だから、映画見ていたなんていつちまつたのだが、ともかく、コリゴリだ。平生から君がよせといつたのをきけばよかつた。これは私の失敗。甚だすみませんでした。謝ります」

いささかおどけた顔になつて、畳に手をついて謝つたが、一方、犯人逮捕で第一の殊勲者平松刑事は、ある日のこと、金魚屋さん笹山大作の、思いがけぬ訪問をうけた。

「あとでよくわかつたんだが、私もおどろきましたね」

「ふーん、何をだね」

「この私にまで嫌疑をかけていたんじやねえですかい。とんでもねえことですよ。私はあのおやじを憎んでいたにや憎んでいた。しかし、殺すのだつたら、青酸加里なんてやさしい殺し方はしませ

だ。――――腹の虫がいえねえんですからね――――。が、んよ。てんびん棒かなんかで、殴り殺しにでもしなきや、腹の虫がいえねえんですからね――――。が、

まア、殺されやがつて、天罰というところでしよう。ありがてえと思います。旦那にも、お礼を言いてえと思いましてね」

「冗談じやないぜ。それじやまるで、ぼくが刈谷を、殺してやつたというふうに聞えるじやないか」

「ああ、そうか。こいつは私の言いそこないだ。が、ともかく、お礼のつもりで、いいものを持つてきましたよ。旦那は金魚が好きだそうですね。ランチュウの子がありまして、こいつは、うまく育てりや、大したものになるでしよう。いえ値段はいいです。さしあげるんですよ。餌は、当分のうち、卵の黄身にしてください。青酸加里だけは、禁物ということにしましてね」

藻(も)まで添えて、数匹の仔魚(しぎょ)を、親切にも持つてきてくれたのである。

人間の死体よりさきに、金魚の死んだことを気にした平松刑事は、有頂天になつて喜んで、その日は署を早帰りしてしまつた。

自宅には、金塊こそないけれど、でめきん、りゆうきん、しゆぶんきん、各種各様の金魚が飼つてある。ランチュウを木製の鉢にいれて長いこと眺めて、嬉しそうに口笛をふきだした。

（終）

被尾行者

小酒井不木

ELIJAH CRAIG
Small Batch
KENTUCKY STRAIGHT
BOURBON WHISKEY

市内電車の隅の方に、熱心に夕刊を読んでいる鳥打帽の男の横顔に目をそそいだ瞬間、梅本清三の心臓は妙な搏(う)ち方をした。

「たしかに俺をつけているんだ」清三は蒼ざめながら考えた。「あれはきょう店へ来た男だ。主人に雇われた探偵にちがいない。主人はあの男に俺の尾行を依頼したんだ」

清三は貴金属宝石を商う金星堂の店員だった。そうして、今何気ない風を装ってうす暗い灯の下で夕刊を読んでいる男が、今日店を訪ねて、主人と奥の間で密談していたことを清三はよく知っていた。

密談！　それはたしかに密談だった。あの時主人に用事があってドアの外に立った時、中でたしかに自分の名が語られているように聞えた。もとより小声でよくはわからなかったけれど、ドアをあけた時、主客が意味ありげに動かした眼と眼を見て、その推定は強められた。そうして今、この同じ電車の中で彼の姿を見るに及んで、清三はいよいよ主人の雇った探偵に尾行されていることを意識したのである。

「やっぱり、主人は気附いたんだ」

清三はうつむきながら考えこんだ。彼の頭はその時、自分の犯した罪の追憶で一ぱいになって来た。

恋人の妙子を喜ばせたさに無理な算段をした結果、友人に借金を作り、それを厳しく催促されて、やむを得ず彼は店の指輪を無断で拝借して質に置いたのである。店の品物の整理係をつとめているので、こんど整理の日が来るまでにお金を作って質屋から請出し、そのままもとにかえして置けばよい、こう単純に考えて暮して来たのだが、それが思いがけなくも、主人に勘附かれたと見える……

「なぜ、あんなことをしたのだろう」

こうも彼は思って見た。大丈夫発覚はすまいと思った自信が彼を迷わしたのだ。自分はなぜ男らしく、主人に事情を打ちあけてお金を借りなかったのか。

けれども、恋人のために金がいると話すのは何としても堪え難いところであった。それかといって、主人に知れてしまった今となっては、所詮一度は気まずい思いをせねばならない。その結果、店にいることすら出来なくなるかも知れない。

「だが、主人とても、まだはっきり自分が盗んだとは思うまい。ほかにまだ数人の店員がいるのだから、いっそいつまでも黙って突張ろうか」

遂にはこんな自暴自棄な考えまで起こった。

いつの間にか乗客が殖えて、清三と鳥打帽の男との間は遮(さえぎ)られた。清三が恐る恐る首をのばして男の方をながめると、男は相変らず夕刊に耽っていた。

清三は、今のうちに立ち上った方がよいと思って、次の停留場が来るなり、こそこそと電車を降りた。すると、幸いにも、そこで降りたのは、彼ともう一人、子を負んだ女の人だけだったので、むこうへ走って行く電車を見送りながら、清三はほッと太息（ためいき）をついた。

今頃探偵はきッと自分のいないことを発見したにちがいない。そうして次の停留場で降りるにちがいない。こう思って彼は急ぎ足で鋪石（しきいし）を踏みならしながら、第一の横町をまがった。するとそれが、いやに人通りの多い町で、馬鹿にあかるく、道行く人がじろじろ彼の顔をながめるように思えたので彼は逃げるように、更にある暗い横町にまがった。いつもならば彼はまっすぐに下宿に帰るのだが、今夜はその勇気がなかった。それに少しも空腹を覚えなかったので、彼はどこかカフェーへでも行って西洋酒を飲もうと決心した。

ぐるぐると暗い街をいい加減に歩いて、やがて賑かな大通りが先方に見え出したとき、ふと傍に、紫色の硝子にカフェー・オーキッドと白く抜いた軒燈（けんとう）を見た。外観は小さいが、中はテーブルが五六十もあるカフェーで、いつか友だちと来たことがあるので、彼は吸い寄せられるようにドアを押した。

客はかなりにこんでいたが、都合よく一ばん奥のテーブルがあいていたので、常になくくたびれた気持で清三は投げるように椅子に腰かけた。そうして受持の女給にウイスキーを命じ、ポケットからバットを取り出して見たものの、マッチを摺るのが、いやに恥かしいような気がして躊躇した。

「あら、梅本さんお久しぶりねえ」

突然、通りかかった一人の女給が声をかけた。見るとそれは、かつて恋人の妙子と共にM会社のタイピストをしていた女である。二三度妙子の下宿であったのだが、まさかカフェーの女給をしていようとは思わなかった。

「やあ」清三はどぎまぎしながら答えた。そうして無理ににこにこしようとしたが、それは、へんに歪んだ顔になっただけであった。

「どうかなすったの？　妙子さんは相変らずお達者？」と、彼女は意味ありげな顔をしていった。「妙子さんにも随分永らく御無沙汰いたしましたわ。わたし、色々の事情があって、とうとうこんなことを初めるようになりましたの。ここではよし子といっておりますのよ。これから時々来て下さいねえ。またあとでゆっくり話しに来ますわ」

こういい置いて、彼女は忙しそうに去った。

重くるしい感じが一しきり清三を占領した。が、女給の持って来たウイスキーをぐっと一息にのむと幾分か心が落ちついて来た。そうして、陽気なジャズの蓄音機をきいているうちに、だんだん愉快になって行った。

が、その愉快な気持も長く続かなかった。続かないばかりか、折角の酔心地が一時にさめるかと思った。というのは、ふと顔を上げて入口の方を見ると、そこに、電車の中で見た鳥打帽の探偵が友人らしい男と頻(しきり)に話しながら陣取っていたからである。

「いよいよ俺をつけているんだな。それにしてもどうして俺がここへはいったことを知っていたのだろう。たしかに電車からは一しょに下りなかった筈だのに」

彼は探偵というものが、超人的の力を持っているのではないかと思った。こんなに巧に追跡されては、所詮自分の罪もさらけ出されてしまうだろう。と考えると冷たいものが背筋を走った。

友人とさもさも呑気そうに話していながらたえず自分の行動を注視しているかと思うと薄気味が悪かった。清三はもう一刻もカフェーにいたたまらなくなったけれど、入口をふさがれているので、いわば身動きも出来ぬ苦境に陥(おとしい)れられたようなものである。

その時さっきの女給がとおりかかった。

「よし子さん」と、彼は小声で呼びとめた。「実はあそこに僕の厭な人間が来ているんです。ここの家は裏へ抜けられないかしら？」

「抜けられますわ」

「それじゃ奥へ話して僕を出してくれませんか」

「よろしゅう御座います」

やがて彼は勘定を払って、よし子の案内で勝手場から裏通りへ出た。

星は罪のない光を発して、秋の夜空を一ぱい埋めていた。清三は用心深くあたりを見まわしたが、探偵らしい影はなかった。彼は泣きたいような気持になって、ひたすらに下宿へ急いだ。明日の日曜日の午後には妙子を訪問する約束になっているのだが、こんなに探偵に監視されては、外出するのが恐ろしかった。

清三は罪を犯したものの心理をいま、はっきり味わうことが出来た。僅(わずか)な罪でさえこれであるのに、人殺しでもしたら、どんなに苦しいのか、きっと自分ならば発狂してしまうにちがいないと思った。

とりとめのない感想に耽りながら、彼は、歩くともなく歩いて、いつの間にか下宿の前に来ていた。彼は立ちどまってあたりを見まわし、そっと入口の格子戸をあけ、あわただしく主婦に挨拶して、走るように二階にあがった。多分もう八時を過ぎているだろうと思ったが時計を見る勇気さえなかった。

「梅本さん、お夕飯は？」階段の下で主婦の声がした。

「いりません」

「お済みになって？」

「まだ」

「まあ、では拵(こしら)えましょう」

「いえ、いいんです。食べたくないんです」

いつもならば、机に向って円本(えんぽん)の一冊を開くのだが、今夜はとてもそんな気になれなかった。急いで床をとって寝ようとすると、主婦は膳をもってあがって来た。

「もうはや、おやすみになりますの、折角拵えたから、少しでもあがって下さい」こういって彼の前に膳を据えた。そうして自分も坐りながら、暫く躊躇してからいった。

「実は今日のおひるからお留守にあなたのことをききに来た人がありますのよ」

　清三はぎょッとした。「え？　それではもしや鳥打帽をかぶった、色の黒い……」

「ええ、よく御存じで御座いますねえ、実は黙っていてくれとの御話でしたけれど、何だかいいお話のように思えましたので」

「何という名だといいました？」

「名刺を貰いましたよ」こういって主婦は袂から名刺を取り出した。清三が顫える手で受取って見ると「白木又三郎」という名で、隅には「国際生命保険会社」とその番地電話番号が印刷されてあった。

「どこまで探偵というものは狡猾なものだろう。彼は店を出るなりすぐその足で生命保険会社員となってここへさぐりに来たのだ」

　こう考えてから、彼は思わず叫んだ。

「馬鹿にしてる。生命保険がきいてあきれる」

「え？　名前がちがいますか」主婦は驚いてたずねた。

「いや……それで何をきいて行きましたか」

「あなたの故郷だとか、生立ちだとかでした。もとより私は委しいことは知りませんから、何も申しませんでしたが、ただ本籍だけはいつか書いたものを頂きましたので、それを見せてやりました」

「それだけですか、それから何か僕の品行だとか……」

「いいえ別に。何だか話振から察すると、あなたに福運が向いているように思われましたよ」

福運どころか、どえらい不運だ！　と、清三は思った。やがて主婦が、食べて貰えなかった膳をもって去るなり、彼は直に床の中にはいったが、案の如く容易に寝つかれなかった。だんだん背中があたたまって来ると、過去の記憶が絵草紙を繰るようにひろげられた。両親に早く死に別れ、たった一人の叔父に育てられたのだが、その叔父と意見があわず、遂にとび出して数百里も隔った土地で暮すようになるまでの、数々の苦しい経験が次々に思い出されて来た。その後叔父とはぱったり消息を絶って、今はその生死をさえ知らぬのだか、今夜はその叔父さえ何となくなつかしくなって、探偵に尾行される位ならば、いっそ叔父のところへ走って行って暫くかくまって貰おうかとさえ思った。

二時間！三時間！　やっとカルモチンの力で眠りにつき、眼のさめた時は、秋の日光が戸のすき間から洩れていた。いつもならばこの光りをどんなに愛したか知れない。それだのに今日は、その光りが一種の恐ろしさを与えた。そうして頭は、昨日からのことで一ぱいになった。

彼はしみじみ自分の罪を後悔した。けれども今はもう後悔も及ばなかった。それかといって、どうしてよいか判断がつかなかった。

愚図々々しているうちに正午近くなった。彼はやっと起き上って昼めしをすまし、さて妙子との約束の時間が迫っても、何となく気が進まなかった。

けれども、妙子には心配させたくなかった。で、とうとう重たい足を引摺るようにして、家を出たのだが、幸いにして、恐れていた探偵の姿はそのあたりに見とめられなかった。

半時間ほど電車に乗って目的地で降りたときは、さすがに恋人にあう嬉しさが勝って、重たい気分の中に一道の明るさが過った。

が、恋人の止宿している家の二三軒手前まで行くと、彼は思わずぎょッとして立ちすくんだ。丁度その当の家から、あの、まごう方なき探偵が、五六歳の子供をつれて出て来たからである。

清三は本能的に電柱の蔭に身をかくした。探偵は幸いに反対の方向に歩き去ったので彼はほッとした。けれども、それと同時に不安が雲のように湧き起こった。

「どこまで狡猾な男だろう。何気ない風をして、きっと妙子にあって自分のことをきいたのだろう。それにしても子供を連れて来るとは何という巧妙な遣り口だろう。まるで散歩しているように見せかけて、その実熱心に探偵してあるくのだ」

清三は恐ろしい気がしたので、いっそそのまま引き返そうと思ったが、その時二階の障子があいて妙子のにっこりした顔が招いたので、思わずも引きつけられて、中へはいった。

清三は、嬉しそうに迎えてくれた妙子の顔を暫く見つめていたが別に何の変った様子も見られなかった。

「妙子さん」彼は遂に堪えられなくなっていった。「今このうちから子供を連れた男の人が出て行ったが、もしや妙子さんにあいに来たのでない？」

「いいえ」と妙子は驚いた様子をした。「何だか下へ御客様があったようだけれど、どんな人だか知らぬわ」

「きっとあわなかった？」

「ええ、なぜそんなことをきくの？」

「それでは、下の小母さんにきいて来て下さい、今の人は何しに来たといって」

妙子は怪訝そうな顔をしたが、清三の様子が一生懸命だったのですなおに下へ行った。そうして暫くの後戻って来た。

「あの方はある生命保険会社につとめている人で、こちらの親戚ですって。今日は日曜日だから、御子さんを連れて散歩に出かけ、こちらへお寄りになったそうです」

「ちがう、ちがう」と、清三は叫んだ。「まだほかに重大な用事があったんです」

「あら、なぜ……？」

清三の顔はにわかに血走って来た。

「妙子さん！」

「え？」

「僕は……僕は……」

彼はもう辛抱し切れなくなって妙子に一切を告白した。

あくる日彼はいつもより一時間も早く下宿を出た。そうして店で主人の出勤を待ち構えた。彼は妙子から主人に一切を悔悟(かいご)白状するようすすめられた。「二人が一生懸命になってそのお金を作りましょう」こういわれて彼はすっかり心の荷を下し、ゆうべは安眠して、今朝は上機嫌で出かけたのである。

やがて主人は、いつものとおりな顔をしてやって来た。

彼は奥の間へ行って、早速主人に自分の犯した罪を打ちあけた。主人は黙ってきいていたが、その顔には見る見る驚きの色があらわれた。そうして、一通りきき終って、何かいい出そうとすると、丁度その時来客があって、はいって来たのは、外ならぬ探偵であった。

「ああ」と、気軽になった清三は威丈高になっていった。「あなたはきっと僕に御用がおありでしょう」あっけにとられた探偵のうなずくのを尻目にかけて清三は続けた。「けれどももう遅いですよ。あなたはもうこちらの主人の依頼で僕を尾行する必要はなくなりましたよ。僕は今、すっかり主人に白状してしまったのです」

するど探偵はいった。

「何のことかよくわかりませんが、別にこちらの御主人に依頼されたことも、またあなたを尾行した覚えも御座いません。私は国際生命保険会社の探査部の白木というものです。先日あなたの叔父さんが逝去されて、五千円の保険金を残され、あなたがその受取人になっているのです。そこであなたの捜索にとりかかり遂に一昨日探し出した次第で、こちらへ御伺いしてからなお念のために御留守宅へも行きました。さっきお宿へまいりましたら、はや御出かけになったとのことで、今こちらへ御邪魔したので御座います。どうかこの領収書に署名を願います」

ポカンとして突立った清三の前に、「探偵」は五千円の小切手と証書とをつきつけた。

酒の追憶

太宰治

THE GLENLIVET
12
APHROAIG
10
1815

酒の追憶とは言っても、酒が追憶するという意味ではない。酒についての追憶、もしくは、酒についての追憶ならびに、その追憶を中心にしたもろもろの過去の私の生活形態についての追憶、とでもいったような意味なのであるが、それでは、題名として長すぎるし、また、ことさらに奇をてらったキザなもののような感じの題名になることをおそれて、かりに「酒の追憶」として置いたまでの事である。

私はさいきん、少しからだの調子を悪くして、神妙にしばらく酒から遠ざかっていたのであるが、ふと、それも馬鹿らしくなって、家の者に言いつけ、お酒をお燗させ、小さい盃でチビチビ二合くらい飲んでみた。そうして私は、実に非常なる感慨にふけった。

お酒は、それは、お燗して、小さい盃でチビチビ飲むものにきまっている。当り前の事である。私が日本酒を飲むようになったのは、高等学校時代からであったが、どうも日本酒はからくて臭くて、小さい盃でチビチビ飲むのにさえ大いなる難儀を覚え、キュラソオ、ペパミント、ポオトワインなどのグラスを気取った手つきで口もとへ持って行って、少しくなめるという種族の男で、そうして日本酒のお銚子を並べて騒いでいる生徒たちに、嫌悪と侮蔑と恐怖を感じていたものであった。いや、本当の話である。

けれども、やがて私も、日本酒を飲む事に馴れたが、しかし、それは芸者遊びなどしている時に、芸者にあなどられたくない一心から、にがいにがいと思いつつ、チビチビやって、そうして必ず、すっ

く と立って、風の如く御不浄に走り行き、涙を流して吐いて、とにかく、必ず呻いて吐いて、それから芸者に柿などむいてもらって、そのうちにだんだん日本酒にも馴れた、という甚だ情無い苦行の末の結実なのであった。

小さい盃で、チビチビ飲んでも、既にかくの如き過激の有様である。いわんや、コップ酒、ひや酒、ビイルとチャンポンなどに到っては、それはほとんど戦慄の自殺行為と全く同一である、と私は思い込んでいたのである。

いったい昔は、独酌でさえあまり上品なものではなかったのである。必ずいちいち、お酌をさせたものなのである。酒は独酌に限りますなあ、なんて言う男は、既に少し荒んだ野卑な人物と見なされたものである。小さい盃の中の酒を、一息にぐいと飲みほしても、周囲の人たちが眼を見はったもので、まして独酌で二三杯、ぐいぐいつづけて飲みほそうものなら、まずこれはヤケクソの酒乱と見なされ、社交界から追放の憂目に遭ったものである。

あんな小さい盃で二、三杯でも、もはやそのような騒ぎなのだから、コップ酒、茶碗酒などに到っては、まさしく新聞だねの大事件であったようである。これは新派の芝居のクライマックスによく利用せられていて、

「ねえさん！　飲ませて！　たのむわ！」

と、色男とわかれた若い芸者は、お酒のはいっているお茶碗を持って身悶えする。ねえさん芸者

そうはさせじと、その茶碗を取り上げようと、これまた身悶えして、

「わかる、小梅さん、気持はわかる、だけど駄目。茶碗酒の荒事（あらごと）なんて、あなた、私を殺してからお飲み。」

そうして二人は、相擁（あいよう）して泣くのである。そうしてその狂言では、このへんが一ばん手に汗を握らせる、戦慄と興奮の場面になっているのである。

これが、ひや酒となると、尚いっそう凄惨な場面になるのである。うなだれている番頭は、顔を挙げ、お内儀のほうに少しく膝をすすめて、声ひそめ、

「申し上げてもよろしゅうございますか。」

と言う。何やら意を決したもののようである。

「ああ、いいとも。何でも言っておくれ。どうせ私は、あれの事には、呆れはてているのだから。」

若旦那の不行跡に就いて、その母と、その店の番頭が心配している場面のようである。

「それならば申し上げます。驚きなすってはいけませんよ。」

「だいじょうぶだってば！」

「あの、若旦那は、深夜台所へ忍び込み、あの、ひやざけ、……」と言いも終らず番頭、がっぱと泣き伏し、お内儀、

「げえっ！」とのけぞる。木枯しの擬音。

ほとんど、ひや酒は、陰惨きわまる犯罪とせられていたわけである。いわんや、焼酎など、怪談以外には出て来ない。

変れば変る世の中である。

私がはじめて、ひや酒を飲んだのは、いや、飲まされたのは、評論家古谷綱武君の宅に於(おい)てである。いや、その前にも飲んだ事があるのかも知れないが、その時の記憶がイヤに鮮明である。その頃、私は二十五歳であったと思うが、古谷君たちの「海豹」という同人雑誌に参加し、古谷君の宅がその雑誌の事務所という事になっていたので、私もしばしば遊びに行き、古谷君の文学論を聞きながら、古谷君の酒を飲んだ。

その頃の古谷君は、機嫌のいい時は馬鹿にいいが、悪い時はまたひどかった。たしか早春の夜と記憶するが、私が古谷君の宅へ遊びに行ったら古谷君は、

「君、酒を飲むんだろう?」

と、さげすむような口調で言ったので、私も、むっとした。なにも私のほうだけが、いつもごちそうのなりっ放しになっているわけではない。

「そんな言いかたをするなよ。」

私は無理に笑ってそう言った。

すると古谷君も、少し笑って、

「しかし、飲むんだろう?」

「飲んでもいい。」

「飲んでもいい、じゃない。飲みたいんだろう?」

古谷君には、その頃、ちょっとしつっこいところがあった。私は帰ろうかと思った。

「おうい。」と、古谷君は細君を呼んで、「台所にまだ五ん合くらいお酒が残っているだろう。持って来なさい。瓶のままでいい。」

私はも少し、いようかと思った。酒の誘惑はおそろしいものである。細君が、お酒の「五ん合」くらいはいっている一升瓶を持って来た。

「お燗をつけなくていいんですか?」

「かまわないだろう。その茶呑茶碗にでも、ついでやりなさい。」

古谷君は、ひどく傲然(ごうぜん)たるものである。

私も向っ腹が立っていたので、黙ってぐいと飲んだ。私の記憶する限りに於ては、これが私の生れてはじめての、ひや酒を飲んだ経験であった。

古谷君は懐手(ふところで)して、私の飲むのをじろじろ見て、そうして私の着物の品評をはじめた。

「相変らず、いい下着を着ているな。しかし君は、わざと下着の見えるような着附けをしているけれども、それは邪道だぜ。」

その下着は、故郷のお婆さんのおさがりだった。私は、いよいよ面白くない気持で、なおもがぶがぶ、生れてはじめてのひや酒を手酌で飲んだ。一向に酔わない。

「ひや酒ってのは、これや、水みたいなものじゃないか。ちっとも何とも無い。」

「そうかね。いまに酔うさ。」

たちまち、五ん合飲んでしまった。

「帰ろう。」

「そうか。送らないぜ。」

私はひとり、古谷君の宅を出た。私は夜道を歩いて、ひどく悲しくなり、小さい声で、

わたしゃ
売られて行くわいな

というお軽の唄をうたった。

突如、実にまったく突如、酔いが発した。ひや酒は、たしかに、水では無かった。ひどく酔って、たちまち、私の頭上から巨大の竜巻が舞い上り、私の足は宙に浮き、ふわりふわりと雲霧の中を掻きわけて進むというあんばいで、そのうちに転倒し、

わたしゃ
売られて行くわいな

と小声で呟き、起き上って、また転倒し、世界が自分を中心に目にもとまらぬ速さで回転し、

わたしゃ
売られて行くわいな

その蚊(か)の鳴くが如き、あわれにかぼそいわが歌声だけが、はるか雲煙のかなたから聞えて来るような気持で、

わたしゃ
売られて行くわいな

また転倒し、また起き上り、れいの「いい下着」も何も泥まみれ、下駄を見失い、足袋はだしのままで、電車に乗った。

その後、私は現在まで、おそらく何百回、何千回となく、ひや酒を飲んだが、しかし、あんなにひどいめに逢った事が無かった。

ひや酒に就いて、忘れられないなつかしい思い出が、もう一つある。

それを語るためには、ちょっと、私と丸山定夫君との交友に就いて説明して置く必要がある。

太平洋戦争のかなりすすんだ、あれは初秋の頃であったか、丸山定夫君から、次のような意味のおたよりをいただいた。

ぜひいちど訪問したいが、よろしいだろうか、そうしてその折、私ともう一人のやつを連れて行

きたい、そのやつとも逢ってやっては下さるまいか。

私はそれまでいちども丸山君とは、逢った事も無いし、また文通した事も無かったのである。しかし、名優としての丸山君の名は聞いて知っていたし、また、その舞台姿も拝見した事がある。私は、いつでもおいで下さい、と返事を書いて、また拙宅に到る道筋の略図なども書き添えた。

数日後、丸山です、とれいの舞台で聞き覚えのある特徴のある声が、玄関に聞えた。私は立って玄関に迎えた。

丸山君おひとりであった。

「もうひとりのおかたは？」

丸山君は微笑して、

「いや、それが、こいつなんです。」

と言って風呂敷から、トミイウイスキイの角瓶を一本取り出して、玄関の式台の上に載せた。酒落たひとだ、と私は感心した。その頃は、いや、いまでもそうだが、トミイウイスキイどころか、焼酎でさえめったに我々の力では入手出来なかったのである。

「それから、これはどうも、ケチくさい話なんですが、これを半分だけ、今夜二人で飲むという事にさせていただきたいんですけど。」

「あ、そう。」

半分は、よそへ持って行くんだろう。こんな高級のウイスキイなら、それは当然の事だ、と私はとっさに合点して、

「おい。」

と女房を呼び、

「何か瓶を持って来てくれないか。」

「いいえ、そうじゃないんです。」

と丸山君はあわて、

「半分は今夜ここで二人で飲んで、半分はお宅へ置いて行かせていただくつもりなんです。」

私は、丸山君をいよいよ洒落たひとだ、と唸るくらいに感服した。私たちなら、一升さげて友人の宅へ行ったら、それは友人と一緒にたいらげる事にきめてしまっていて、また友人のほうでも、それは当然の事と思っているのだ。甚だしきに到っては、ビイルを二本くらい持参して、まずそれを飲み、とても足りっこ無いんだから、主人のほうから何か飲み物を釣り出すという所謂(いわゆる)、海老鯛(えびたい)式の作法さえ時たま行われているのである。

とにかく私にとって、そのような優雅な礼儀正しい酒客の来訪は、はじめてであった。

「なあんだ、そんなら一緒に今夜、全部飲んでしまいましょう。」

私はその夜、実にたのしかった。丸山君は、いま日本で自分の信頼しているひとは、あなただけ

なんだから、これからも附合ってくれ、と言い、私は見っともないくらいそりかえって、いい気持になり、調子に乗って誰彼を大声で罵倒しはじめ、おとなしい丸山君は少しく閉口の気味になったようで、

「では、きょうはこれくらいにして、おいとまします。」

と言った。

「いや、いけません。ウイスキイがまだ少し残っている。」

「いや、それは残して置きなさい。あとで残っているのに気が附いた時には、また、わるくないものですよ。」

苦労人らしい口調で言った。

私は丸山君を吉祥寺駅まで送って行って、帰途、公園の森の中に迷い込み、杉の大木に鼻を、イヤというほど強く衝突させてしまった。

翌朝、鏡を見ると、目をそむけたいくらいに鼻が赤く、大きくはれ上っていて、鬱々として楽しまず、朝の食卓についた時、家の者が、

「どうします？　アペリチイフは？　ウイスキイが少し残っていてよ。」

救われた。なるほど、お酒は少し残して置くべきものだ。善い哉(かな)、丸山君の思いやり。私はまったく、丸山君の優しい人格に傾倒した。

丸山君は、それからも、私のところへ時々、速達をよこしたり、またご自身迎えに来てくれたりして、おいしいお酒をたくさん飲めるさまざまの場所へ案内した。次第に東京の空襲がはげしくなったが、丸山君の酒席のその招待は変る事なく続き、そうして私は、こんどこそ私がお勘定を払って見せようと油断なく、それらの酒席の帳場に駈け込んで行っても、いつも、「いいえ、もう丸山さんからいただいております。」という返事で、ついに一度も、私が支払い得なかったという醜態ぶりであった。

「新宿の秋田、ご存じでしょう！　あそこでね、今夜、さいごのサーヴィスがあるそうです。まいりましょう。」

その前夜、東京に夜間の焼夷弾（しょういだん）の大空襲があって、丸山君は、忠臣蔵の討入（うちいり）のような、ものものしい刺子（さしこ）の火事場装束で、私を誘いにやって来た。ちょうどその時、伊馬春部君も、これが最後かも知れぬと拙宅へ鉄かぶとを背負って遊びにやって来ていて、私と伊馬君は、それは耳よりの話、といさみ立って丸山君のお伴をした。

その夜、秋田に於いて、常連が二十人ちかく、秋田のおかみは、来る客、来る客の目の前に、秋田産の美酒一升瓶一本ずつ、ぴたりぴたりと据えてくれた。あんな豪華な酒宴は無かった。一人が一升瓶一本ずつを擁して、それぞれ手酌で、大きいコップでぐいぐいと飲むのである。さかなも、大どんぶりに山盛りである。二十人ちかい常連は、それぞれ世に名も高い、といっても決して誇張でないくらいの、それこそ歴史的な酒豪ばかりであったようだが、しかし、なかなか飲みほせなかった様子であった。私はその頃は、既に、ひや酒でも何でも、大いに飲める野蛮人になりさがっていたのであるが、しかし、七合くらいで、もう苦しくなって、やめてしまった。秋田産のその美酒は、アルコール度もなかなか高いようであった。

「岡島さんは、見えないようだね。」

と、常連の中の誰かが言った。

「いや、岡島さんの家はね、きのうの空襲で丸焼けになったんです。」

「それじゃあ、来られない。気の毒だねえ、せっかくのこんないいチャンス、……」

などと言っているうちに、顔は煤だらけ、おそろしく汚い服装の中年のひとが、あたふたと店にはいって来て、これがその岡島さん。

「わあ、よく来たものだ。」

と皆々あきれ、かつは感嘆した。

この時の異様な酒宴に於いて、最も泥酔し、最も見事な醜態を演じた人は、実にわが友、伊馬春部君そのひとであった。あとで彼からの手紙に依ると、彼は私たちとわかれて、それから目がさめたところは路傍で、そうして、鉄かぶとも、眼鏡も、鞄も何も無く、全裸に近い姿で、しかも全身くまなく打撲傷を負っていたという。そうして、彼は、それが東京に於ける飲みおさめで、数日後には召集令状が来て、汽船に乗せられ、戦場へ連れられて行ったのである。

ひや酒に就いての追憶はそれくらいにして、次にチャンポンに就いて少しく語らせていただきたい。このチャンポンというのもまた、いまこそ、これは普通のようになっていて、誰もこれを無鉄砲なものとも何とも思っていない様子であるが、私の学生時代には、これはまた大へんな荒事であって、よほどの豪傑でない限り、これを敢行する勇気が無かった。私が東京の大学へはいって、郷里の先輩に連れられ、赤坂の料亭に行った事があるけれども、その先輩は拳闘家で、中国、満洲を永い事わたり歩き、見るからに堂々たる偉丈夫、そうしてそのひとは、座敷に坐るなり料亭の女中さんに、

「酒も飲むがね、酒と一緒にビイルを持って来てくれ。チャンポンにしなければ、俺は、酔えないんだよ。」

と実に威張って言い渡した。

そうしてお酒を一本飲み、その次はビイル、それからまたお酒という具合いに、交る交る飲み、私はその豪放な飲みっぷりにおそれをなし、私だけは小さい盃でちびちび飲みながら、やがてそのひとの、「国を出る時や玉の肌、いまじゃ槍傷刀傷。」とかいう馬賊の歌を聞かされ、あまりのおそろしさに、ちっともこっちは酔えなかったという思い出がある。そうして、彼がそのチャンポンをやって、「どれ、小便をして来よう。」と言って巨躯(きょく)をゆさぶって立ち上り、その小山の如きうしろ

姿を横目で見て、ほとんど畏敬（いけい）に近い念さえ起り、思わず小さい溜息をもらしたものだが、つまりその頃、日本に於いてチャンポンを敢行する人物は、まず英雄豪傑にのみ限られていた、といっても過言では無いほどだったのである。

それがいまでは、どんなものか。ひや酒も、コップ酒も、チャンポンもあったものでない。ただ、飲めばいいのである。酔えば、いいのである。酔って目がつぶれたっていいのである。酔って、死んだっていいのである。カストリ焼酎などという何が何やら、わけのわからぬ奇怪な飲みものまで躍り出して来て、紳士淑女も、へんに口をひんまげながらも、これを鯨飲（げいいん）し給う有様である。

「ひやは、からだに毒ですよ。」

など言って相擁して泣く芝居は、もはやいまの観客の失笑をかうくらいなものであろう。

さいきん私は、からだ具合いを悪くして、実に久しぶりで、小さい盃でちびちび一級酒なるものを飲み、その変転のはげしさを思い、呆然として、わが身の下落の取りかえしのつかぬところまで来ている事をいまさらの如く思い知らされ、また同時に、身辺の世相風習の見事なほどの変貌が、何やら恐ろしい悪夢か、怪談の如く感ぜられ、しんに身の毛のよだつ思いをしたことであった。

雑木林の中

田中貢太郎

Jack Daniel's
WHISKEY

明治十七八年比のことであった。改進党の壮士藤原登は芝の愛宕下の下宿から早稲田の奥に住んでいる党の領袖の処へ金の無心に往っていた。まだその比の早稲田は、雑木林があり、草原があり、竹藪があり、水田があり、畑地があって、人煙の蕭条とした郊外であった。

それは夏の午後のことで、その日は南風気の風の無い日であった。白く燃える陽の下に、草の葉も稲の葉も茗荷の葉も皆葉端を捲いて、みょうに四辺がしんとなって見える中で、きりぎりすのみが生のある者のようにあっちこっちで鳴いていた。登は稲田と雑木林の間にある小さな路を歩いていたが、処どころ路が濡れていて禿た駒下駄に泥があがって歩けないので、林の中に歩く処はないかと思って眼をやった。そこには雑草に交って野茨の花が白く咲いていたが、その雑草の中に斜に左の方へ往っている小さな草路があった。登はその草路の方へ歩いて往った。

鍔の広い麦藁帽は雑木の葉端に当って落ちそうになる処があった。登はそれを落さないようにと帽子の縁に右の手をかけていた。彼はその時先輩に対して金の無心を云いだす機会を考えていた。彼は何人か二三人来客があっていてくれるなら好いがと思った。それはもう途中で二度も三度も考えたことであったが。

……（今日は何しに来たのだ）

と云うのを待って、

（すみませんが……）

と、云うように頭を掻いてみせると、

（また金か、この間、くれてやったのが、もう無くなったのか、幾等いるのだ）

と、豪放な口のきき方をするのを待っていて、

（すみませんが、五円ぐらい……）

とやると、

（しょうの無い奴だ）

と、云って傍の手文庫の中から出してくれるが、何人も傍にいない時には一銭も出さない。……彼は今日あたりは幹事の島田あたりがきっと来ているだろう、内閣割込み運動のような秘密な会合だとその席へは通れないが、普通の打ち合せで、それから晩餐でもいっしょにやると云うようなことであったら、通さないこともないだろう。そうなると金が貰えたうえに、酒にもありつけると思った。彼は好い気もちになって来た。

眼の前に壮い小供小供した女の顔が浮かんで来た。彼の心はその方に引かれて往った。

（小桜）

あれはたしかに小桜と云ったなと思った。それはその前夜吉原の小格子で知った女の名であった。

（今晩もずっと出かけて往こう）

登はふと足のくたびれを感じた。彼は愛宕下から休まずにてくてく歩いて来たことを考えだした。

額には湯のような汗があった。彼は右の手を腰にやった。白い浴衣の兵児帯には手拭を挟んであった。彼は手さぐりにその手拭を執り、左の手で帽子を脱いで汗を拭った。

一軒の茶店のような家が眼の前にあった。そこは路の幅も広くなっていた。一間くらいの入口には納涼台でも置いたような黒い汚い縁側があって、十七八の小柄な女が裁縫をしていた。それは小供小供した一度も二度も見たようなどこかに見覚のある姝な顔であった。視線があうと女の口許に微笑が浮んだ。

登の足は自然と止まってしまった。彼はこの女はどこかで見たことがある、どこで見た女だろうと考えてみたが思いだせなかった。彼はまた女に眼をやった。と、女と視線がまたあった。女の口許には初めのような微笑が浮かんだ。彼はそのまま入口の方へ往った。

「すみませんが、すこし休ませてくれませんか、愛宕下から歩いて来たものだから、暑くってしかたがないのです」

「どうぞ」

女はちょっと俯向くようにした。登は縁側に腰をかけて帽子を置き、外の方を見ながら無意識に額から首のまわりに手拭をやった。

「このあたりに、茶店はないでしょうか」

「近比まで、私の家で茶店をやってましたが、お父さんとお母さんが、本郷のお邸へお手伝いにあがるようになりましたから、止めっちまいました」

「そうですか」

「渋茶でよろしければ、さしあげましょうか」

「それはすみませんね、一ぱい戴きましょうか」

「おあげしましょう、なんなら上へおあがりになって、お休みになったら如何でございます、奥の室が涼しゅうございますよ」

登は女の云うなりに奥の室へ往きたいとは思ったが、気まりが悪いのですぐにはあがれなかった。

「そうですか、こちらは木があるのですから涼しいでしょう」

「涼しゅうございますよ、おあがりなさいまし、芝からいらしたなら、お暑かったでしょう」

「今日はばかに暑かったのですよ、僕はこの前の、山木さんの処へ往くもんですがね」

「あ、お邸でございますか」

「そうです、党のことで時どきやって来るのですがね、この路をとおるのははじめてですよ」

「そうでございましょう、ここはちょと入ってますから、それでもお邸へいらっしゃる書生さんが、よくおとおりになりますよ、店をやってます時は、お酒を飲んで往く書生さんがありましたよ」

登はふとこの家は茶店を止めてても、酒ぐらいは置いてあって、知己の書生などには酒を飲ましているらしいなと思った。彼はすぐ己の懐のことを考えてみた。懐にはまだ前夜の使い残りがすこしあった。

「そうですか、じゃすこし休まして戴きましょうか」

「さあ、どうぞ」

女が起ちあがった。登は手拭で足をはたきながらあがったが、帽子のことを思いだしたので蹲んで持った。

「汚いのですけれど」

女は歩いて往って見附の障子を開けた。左側に小さな小縁が見えてそこに六畳ぐらいの室があった。右側は台所になって、その口の処に一枚の障子があった。

「ここですよ」

「すみませんね」

登は女の後から往ってその縁側へ出、障子を開け放してある室へ往った。庭の前は青あおとした木の枝が重っていて、それに夕陽が明るく射していた。

「今お茶を持ってあがります」

女は小縁を伝って引返して往った。登は庭の方を向いて坐りながら、その女と前夜知った女の顔がいっしょになったように思った。

(そうだ、昨夜の女に似ている、だから、見たように思ったんだ)

女が茶碗を盆に乗せて持って来ていた。

「そんなにかしこまらないで、横におなりなさいましよ、何人も来る人はありませんから」

女は物なれたものごしでそう云い云い茶碗の盆を登の前へ置いて坐った。

「すみませんね」

登はわざと女を見ないように茶碗を執って、麦湯のような微濁りのした冷たい物を口にした。

「横におなりなさいましよ、私一人ですから遠慮する者はありませんよ」

登はかしこまって坐っているのが苦しかった。

「そうですか、じゃ、失敬します」

彼は胡座をかいて女の顔を見た。

「ほんとに横におなりなさいましよ、好いじゃありませんか」

登はふと酒のことを思いだした。

「もう、店をお止めになったから、お酒なんか無いでしょうね」

「ええ、普通のお酒は無いのですけど、本郷のお邸から戴いた、西洋のお酒がありますが、なんならさしあげましょうか」

「いや、それは、それはなんですから、日本酒があるなら戴いても好いのですが、なに好いのですよ」

「御遠慮なさらなくても、家の者は、何人も戴きませんから、よろしければ、さしあげましょう、すこししかありませんけど」

「そうですか、すこし戴きましょうか、ごめんどうじゃありませんか」

「そんなことはありませんよ、では、さしあげましょう」

女は起(た)って出て往った。登は出て往く女の紫色の単衣(ひとえもの)の絡った白い素足に眼をやりながら、前夜の女の足の感じをそれといっしょにしていた。彼はうっとりとなって考え込んでいた。

「こんな酒ですよ、召しあがれますか、どうだか」

登は夢から覚めたような気もちで眼をやった。女が小さなコップに半分ぐらい入れた微赤(うすあか)い液体を盆に乗せて持って来ていた。女は膝を流して坐っていた。

「や、これはすみません」

「なんだか辛(から)いお酒だって云うのですよ」

「そうですか、戴(いただ)きましょう」

登は茶の盆をすこし左の方に押しやってから、コップの乗った盆を引き寄せ、それを持ってすこし舌の端(さき)に乗せてみた。それは麝香(じゃこう)のような香(におい)のある強烈な酒であった。

「なるほど、きつい酒ですな、しかし、旨いのですな」

登はこう云って一口飲んだ。彼の眼には黒い女の眼が見えていた。やがて登は、月の光のような微暗(うすぐら)い燈(ひ)の点いた室(へや)で女と寝そべって話している己(じぶん)に気が注いた。彼の手には女の手が絡(からま)っていた。

彼はまた酒のことを思いだした。

「もうさっきの酒はないのですね」

「お酒、すこしならあるのですよ、まだおあがりになって」

女の白い顔が覗くようにした。

「すこし酒が醒たようだ、あるならもうすこし飲みたいのですな」

「持って来ましょうか」

「持って来てください」

女は登の手にやっていた己の手を除けて静かに起きながら、コップの盆を持って出て往った。登はそれを見送りながらじっとしていたが、女と離れているのが物たりなくなって来たので、起きるともなしに起きて、縁側に出て台所の方へ歩いて往った。

そこには障子の開いた台所の口があって、内から蒼白い燈が射して物の気配がしていた。登は女がそこで何かしていると思ったので覗いてみた。台所の流槽の傍に女がむこう斜に立って、高くあげた右の手に黒い長い物をだらりとさげていた。登はなんだろうと思って注意した。それは黒い鱗のぎらぎらとしている大きな蛇で、頭を切り放したらしいその端の切口から赤い血が滴って、それが流槽の上に置いたコップの中へ溜っていた。登は頭が赫となった。登は足にまかせて逃げだした。

夢中になって逃げていた登は、運好く山木邸の前へ往きかかったので、その晩はそこの書生部屋に一泊さして貰い、翌日怪異の跡をたしかめるつもりで、山木邸にいた四五人の食客(しょっきゃく)といっしょにその場所を捜して歩いた。

そのうちにちょとした雑木林の中で己(じぶん)の冠(き)ていた麦藁帽子が見つかったので、そのあたりの草の中を捜していると、畳一枚ぐらいの処に草のよれよれになった処があって、そこに埴輪(はにわ)とも玩具(おもちゃ)の人形とも判らない七寸ぐらいの古い古い土の人形があって、その傍に一疋(ぴき)の小さな黒蛇が死んでいた。

豆腐買い

岡本かの子

THE CHITA
知多
Food
MENU

おもて門の潜戸を勇んで開けた。不意に面とむかった日本の道路の地面が加奈子の永年踏み馴れた西洋道路の石の碁盤面の継ぎ目のあるのとは違った、いかにも日本の東京の山の手の地面らしく、欠けた小石を二つ三つ上にのせて、風の裾に吹かれている。失礼！　と言い度い程加奈子には土が珍らしく踏むのが勿体ない。加奈子の靴尖が地面の皮膚の下に静脈の通っていなそうな所を選んで鷺のように、つつましく踏み立つ。加奈子は辷りかけたショールを胸の辺で右手に掴み止め、合せ襟になった花と蔓の模様の間から手套を穿めていない丸い左の手を出して陽に当てて見た。年中天候のどんよりして居た西洋と比らべて日光も亦掬い上げ度い程、加奈子に珍らしく勿体ない。

加奈子は夜おそく日本へ帰った。翌日から三日ばかり家の中に籠って片付けものらしいことをして四日目に始めて出て見る日本の外の景色が出発四年前の親しみも厚みも、まだ心に取り戻してはいなかった。ただ扁たく珍らしいばかりだ。が少し歩るいて居るうちに永年居慣れた西洋の街や外景と何も彼もが比較される。

隣家との境の醜部露出狂のような溝に魚の鱗が一つかみ、爛れた泥と水との間に捨てられていた。溜ってぼろ布のように浮く塵芥に抵抗しながら鍋膏薬の使いからしが流されて来た。ロンドンの六片均一店で売って居る鍋膏薬は厚くて重たい程だった。世界的不況時代にせめてロンドンでの鉄の贅沢だった。それを器用に薄く、今流れて来た日本のものは要領を得ている。外国の文化を何んでも真似て採り込むのに日本は早い。鍋膏薬の使いからしは鱗の山の根にぶつかった。鱗の崖が崩れて水に滑り落ちた幾片は小紋ぢらしのように流れて行く。ちち色の水を透して射る鱗の閃きに加奈子の眼は刺激されて溝と眼との幅、一メートル八インチ（ママ）半程の日本ではじめての「距離」を感じる。

加奈子はようやく距離を感じ出した眼をあげて前町をみると両側の屋並が低くて末の方は空の裾にもぐり込もうとしている。町の何もかにもが低い。

周囲の高い西洋の町であれ程背低だった加奈子が今茲（ここ）ではひどく背高のっぽになった気持だ。おまけに靴の尖まで陽が当る。踊の組子なら影の垣に引っ込（こま）されてスターにだけ浴せかけられる取って置きの金色照明を浴びたようで何だか恥かしい――わたしは威張って見えやしないだろうか。

加奈子はロンドン市長と市民のおかみさんとの問答を思い起した。おかみさんはいった。「ロンドンの横町は光線の小布れしか売って呉れません」市長は溜息をついて言った。「只である筈の日光と空気にロンドンはこれでも世界一の仕入値段を払っているのですぞ」

建物の低い日本の空の広さ。外人観光客へ勧める宣伝文に「日本は世界一の空の都」と観光局はつけ加えていい。

空の美しさ。それは紗（しゃ）の面布のようにすぐ近く唇にすすって含めるし遠くは想いを海王星の果てまでも運んで呉れる。

巴里（パリ）の空は寒天の寄せものだし、伯林（ベルリン）の空は硝子（ガラス）製だし、倫敦（ロンドン）の空は石綿だった。そしていまこの日本の空は――

加奈子は手を差し延べて空の肌目を一つかみ掴み取ってみる。絹ではない。水ではない。紙ではない。夢？　何か恐ろしいようだ。

これがもし夢であるとすればこの大きな夢を誰がどこで夢みているのだろうか。この二月でもない、四月でもない、三月にふさわしい三月の空を。これに較べると西洋の都会と空の雇傭契約は大ざっぱだ。一年を夏冬二期の空に分けて頭の上で交替させる。

加奈子は窓と窓下の子供に道路の通俗性を感じながら五六歩あるいた。電柱を見上げる。どうもそうだったのだ。さっきから賑やかな町の景色、にぎやかな町の景色、といつか思っていたのはこの電柱街路樹のためだったのだ。そっくりこのままの樹がどこかの山にありそうだ。梢にきちょうめんに横に並んだ枝を出して白い蕾をつけて葉は無い。電信工夫は山からその樹を抜いて来てバナナのように皮を剥いただけで地に立てる。東洋ほど自然に寵愛され、自然を原形のまま利用するのを許されている国々にこのくらいな植物は探したら無いことはなかろう。蔓から壜がぶら下る瓢箪。幹の中に空気の並んだ部屋のある竹。東洋は面白いな。巴里の郊外にも電柱はあったが道筋の家の壁や屋根を借りて取り付けたもので長さも小さく小鬢に笄を挿したほどの恰好だ。ヴェルサイユへ行く道の退屈さに自動車の窓から眺めてフランス人の倹約と結びつけて考えて見たものだった。

湯屋の煙突の煙が吹き下りて来る、不安なにおい。屑ものを焼くせいだろうか。

湯屋の内部を想像する。裸体を見られたら腰のまわりはうっちゃって置いても乳房を押える西洋の女。その乳房をみずみずしい果物の熟果（なりもの）のように胸にぶら下げてぷりぷり震わせながら二三人ずつも向き合って身体を洗っている日本のお湯屋の内部の女。女の乳房というものは賑やかなものだ。あれは女の胸にある肉の勲章（くんしょう）だ。女の胸に乳房が無かったらと考えて、もしそうなったら男は女を抱かなくなるだろう。女に逢いに行くことをベルを押しに行くといった若い仏蘭西（フランス）人があった。なるほど乳房はベルに似ている。

どこかに火事でもありそうな不安なにおい。

もちろん、それは湯屋の煙突の煙りのにおいだが、米屋の角を出て広い市の電車通りに出ても日本の都特有の不安な気持ちはあの煙のにおいと一脈の連絡を持っているように考えられる。不安な気持ちが揺り動かす日本の都会の若さと溌剌（はつらつ）さ。埃（ほこり）だらけの円タクが加奈子を突倒しでもするように乗りつけて来てブレーキをかけても異様な音と共に一二寸（すん）乾いた土の上を滑る。

――いかが？　どちらまで？」という性急な若者の言葉と、

――否（ノン）、ムッシュウ」と言い馴れた西洋の言葉を出して仕舞って顔を赭（あか）くした加奈子の言葉とが正面衝突をする。

加奈子とこの円タクとの交渉がまとまらなかったらと、その後に二台、電車線路を越した向うに一台、形の違った円タクが客を奪（と）ろうと隙をねらっている。

加奈子はショールの下に隠していた提げ菓子皿を持上げて、振って円タクのみんなに「いらない」合図をする、四台の車の窓から四つの鋭い眼が引込んで道路は再び無慈悲な爆音に蹴立てられる。

この提げ菓子皿の取手は伊太利フローレンスで買った。ダンテとベアトリーチェがめぐり合ったというアルノー河には冬の霧が一ぱいかかっていた。両側の歩道に店を持つ橋が霧の上にかかっていた。たそがれ。売品の首飾りや耳飾りが簾のように下っている軒の間から爆発したような灯が透けていた。その並び店の中の一軒だった。骨董品店があった。もとよりニセ物のビザンチン石彫の破片やエトラスカの土焼皿などもあって外人相手の店には違いないがその列んだ品物のなかにこの葡萄の蔓模様の鉄の取手があったのに加奈子は心をひかれた。模様の蔓と葉が中世紀特有のしつこく武骨な絡みかたをしていて血でもにじみ出そうで色は黒かった。その時は有り合せの硝子皿に取りつけてあったが外ずして何の皿の提手にすることもできた。加奈子はこれを買った。そして、これにつり合う皿を独逸××会社の硬製陶器から見つけて一つの提げ皿に組立てた。日本へ帰ったら第一にお豆腐を自分で買いに行こう。おそらくあんな古典的な食物はない。お豆腐をこの容物へ入れてわたしの丸い手がこれを提げた姿を気狂いのお京さんに見せてやろう。そしたらお京さんはひょっとしたら悦ぶかも知れない。

焼芋屋の隣に理髪店があるという平凡な軒並も加奈子には珍らしかった。その筋向うに瓦斯器具一切を売る安普請の西洋館がある。

外国に行く四年前まではこの家は地震で曲ったままの古家で薪炭を商なっていた。薪炭商から瓦斯の道具を売る店へ、文化進展の当然の過程だ。だが椅子へ不釣合いにこどもを抱えて腰かけているおかみさんはもとのおかみさんに違いないが人相はすっかり変っている。前にはただだぶだぶして食べたものが腸でこなれて行くのをみんな喇叭管へ吸収して卵子にしてしまう女の作業を何の不思議もなさそうに厚い脂肪で包んでいるおかみさんだった。いまは瘠せてしまって心配そうな太い静脈が額に絡み合っている。亭主の不身持か、世帯の苦労か、産後からひき起した不健康か。一番大きな原因に思えそうなのはもうすっかり命数だけの子供を生んでしまったので、自然から不用を申渡されたからではあるまいか。

そうなるといままで気がつかなかった不思議さが万物の上に映り出すとみえてあの見廻すキョトキョトした眼付き——おかみさんにはどこか役離れがしてもまだ落付かない思い切りの悪い神経質の様子が見える。

襟巻を外ずしながら亭主が帰って来ておかみさんの膝の赤ん坊の赤い足を着物の裾の中から探し出して握った。どういうわけだかちょっと赤ん坊の足の裏のにおいを嗅ぐ。人の好さそうな肉体の勝った亭主だ。この種の人間は物を握ったり重量をみたりすることによって愛情が感じられるらしい。加奈子は裸の赤ん坊の温気で重量器の磨き上げた真鍮の鎖が曇るストックホルムの優良児の奨励共進会を思い出した。わずかな重量を増そうと量る前に腹一ぱい父親の命令で赤ん坊に乳を飲ましていた雀斑だらけの母親をも思い出した。

五六軒先の荒物屋の溝板と溝板の上のバケツや焙烙が鳴って十六七の男の子が飛出して来た。右側に通る電車の後を敏捷に突き切り途端に鼻先きを掠める左側の電車を、線路の中道に立止まって遣り過すときに掌で電車の腹を撫でる。撫でられた電車の腹はそこだけ埃を擦り除られた春光にピカピカ映るワニスの光沢を明瞭に一筋のこしてガタンガタン交叉点の進メの信号に向ってうねを打って行く。男の子はそのあとの線路をハイハードルのコツで大きく高く跳ね越えて丁度踏み出す加奈子の靴尖に踏み立つ。

少年と青年の間の年頃の男の子は、すこしむっとして顔を赭くして除けて通って行く加奈子の横顔から断髪の頸筋の青い剃あとを珍らしそうに見詰め何かはやり唄をうたい乍ら、腰で唄の調子を取りながら暫く立止まっている。

つい先頃まで流行して居たはやり唄が和訳されてもう町の童の唇に上っている。なんて早い日本だろう。それよりかもさきほどから弾丸のように飛出して来て敏捷の間にいくつもの早業をやる男の子の手足が生きて加奈子の眼底に残った。加奈子は五六歩過ぎてからまた振返って男の子をみた。男の子はマッチの包みと割箸の袋とを左右の手で巧に投上げながら唄に合せる腰の調子は相変らずやめずになおもこっちを見つづけている。

倫敦へ日本の芝居がかかった事があった。座長は大阪の三流どこの俳優で幹部二三人の外はアメリカで仕込んだ素人だから見ていてトテモはらはらした。だがそこで不思議な日本を見た。狐忠信の幕で若い日本の娘たちが花四天になって踊るのだが外人の踊りを見慣れた眼には娘の手足がまるで唐草模様のように巻いたりくねって動くのが人間より抜けていた。顔と身体は人形で手足だけ人間以上の生命を盛っている。そういえば巴里(パリ)の踊り場でみる日本のタンゴというものが腰に異様なねばりと業(わざ)があってみんな女と柔道をやっているもののように眺められた。三度目に加奈子が振返ったときに男の子は定めた方向へ行くのをやめて加奈子の方へついて来た。加奈子は男の子の飛出した荒物屋を眺めた。

日々に壊滅して行く伯林(ベルリン)の小産階級。あすこでこういう程度の荒物屋は荒物商いだけでは勿論足りないので大概素人洗濯を内職にしていた。親一人、子一人。娘が一人あるにはあるが他所へ間借りをして職業婦人になっている。かたわら富裕な外国人を友達に持ちたがっている。持つかと思うと不器量で逃げられる。母親の手一つでやる素人洗濯だが西洋の肌着のことゆえ蝋引(ろうびき)だけは専門家同様しなくてはならない。それで狭い土間に一ぱいの火のし機械を据えている。暇があればそれに取りついていて彼女自身もすっかり乾燥してしまっている。欧洲大戦で毒瓦斯(ガス)を吸い込んで肺を悪るくしてじりじり死んで行った夫の話は人事のようにペラペラ喋るが眼の前にしきりなしにおちて来るいつもの緊急令には恨めしい眼をして黙ってしまう。これでも営業している手前どうせ税の増えることばかりだ。そして息子はナチス。やっと月謝を工面して体操学校へ通って中等教員の免状を取るつもりだがその免状を取ってからにしても殆んど就職の当てはない。道路工事や雪掻き仕事があればいつでも学校を休んでその方へ行く。けれども僅かながらも資本をおろし、商ないをしている家に育った息子だけに純粋の労働者にはなり切れない。そこでナチス。横町の酒店の支部にしょっちゅう集まって支部旗の上げ下ろしの手伝いもやる。スケート館に大会のあるときは決死隊の一人になって演壇に背中を向けて入口を睨み立ち列(なら)んでいる。リンデンの街路樹が一日に落葉し暫らく広く見えている伯林の空にやがて雪雲が覆い冠(かぶ)さって来ると古風な酒店の入口にビールの新酒の看板が出る。夜町の鋪道は急に賑い出す。その名ごりの酔いどれの声が十二時過ぎになって断続して消えかかろうとする頃いつも加奈子の家の軒下を乱れた靴音で通り過ぎて行く一組がある。五六軒先の荒物屋の母子だ。息子が母親を担いでいるときもある。母親が息子を担いでいるときもある。息子が母親に担がれているときは息子が酔いすぎてとてもはしゃいでいる。母親が息子に担がれて帰るときは母親が酔いすぎて大概泣いている。焙(た)き出したばかりの暖炉(オーフェン)の前で加奈子が土の底冷えをしみじみ床を通して感じた独逸(ドイツ)の思い出である。

まだ子供とはいいながら日本人にあとをつけられるのは気味の悪いものだ。これに引きかえ西洋人のつけて来るのはあまい感じがする。西洋では不良男にもフェミニズムが染み込んでいるせいだろうか。加奈子はよく人につけられる性質の女だ。

——それはあなたの全てが普通の人のリズムと違っていて人に目立つからだ」或る友達は笑いながら加奈子に断うゝいった。

——嫌になっちゃう」と加奈子が手足をじたばたさせると友達はそれを指して、

——それそこがもう人並外れのところよ」といった。

いろいろの経験からついて来る人間に手がかりを与えないのは却ってそれに気を奪われない事だということを加奈子は心得ているので何気なく振舞う為めに続いて町並を点検して行く。

塀にも屋根の上にも一ぱいに専門の皮膚、泌尿科を麗々しく広告している医学博士。負けずに立看板や色垂簾で店を武装している雑誌店。これに気付かされて注意すると日本の町は随分広告の多い町だ。倒した古材木の頭にむしろを冠せたのが覗いている露地口には筍のように標柱が頭を競っている。小児科の医者、特許弁理士、もう一つ内科呼吸器科の医者、派出婦会、姓名判断の占師、遠慮深くうしろの方から細い首を出して長唄の師匠の標柱が藍色の杵の紋をつけている。「古土タダアゲマス」屋根に書いて破目に打付けてあるその露地へ入って行った女は白足袋の鼠色になった裏がすっかり見えるように吾妻下駄の上でひっくらかえす歩き方を繰り返して行く。

お京さんがフランス人の夫アンリーから最後に逃げて隠れていたのは丁度こういう露地の中の家だった。二人で町で買物をしてご飯も食べたあと暗くなってお京さんを隠れ家へ送り届けようと、

その露地口へ入るときお京さんは痙攣している右の手で胸に十字を切った。なぜと訊くと、

――あの俵の冠せてある水溜りをうまく越しますように」といった。そしてもしそれにうっかり踏込みでもするとぷりぷり憤ってまた露地口まで戻って来て、そこで足数を考え合せ露地入りをやり直すのだった。また踏み込む。するといくどでも遣り遂げるまでは強情に繰り返すのだった。しまいには瞳が据って鼻の孔を大きく開けて荒い息をしている顔が軒燈で物凄かった。しかし懐中電燈を買おうと言っても承知しなかった。もうあのとき気が変になっていたのだ。けれども若し首尾よく水溜りを越したとなるとお京さんはふだんの生絹のような女になって後からついて行く加奈子の手を執って無事に跨ぎ越さすのだった。そのとき綺麗な声で、

――アッタンシオンよ」と言った。それから、

――注意よ」という言葉も使った。

お京さんはフランス人の夫を随分愛していた。それ以上にフランス人の夫もお京さんを愛していた。だのになぜお京さんは夫から逃げたのだろう。逃げて気狂いになったのだろう。お京さんは加奈子に水溜りを越さしたあとも加奈子の手を離さず門口まで握って言った。

――あなたの手を握っていると、ほんとにこころにぴったり来るのよ。あなたの手は皮膚の手袋さえ穿めてないからね。

左側に板塀がある。雨風に洗い出された木目が蓮華を重ねたように並んでいる。誰か退職官史の邸らしい。この辺がまだ畑地交りであった時分廉い地代ですこし広く買い取って家を建てたのがいつか町中になってしまってうるさくはあるが地価は騰った。当惑と恭悦を一緒にしたような住居の様子だ。古い母屋の角に不承々々に建て増したらしい洋館の棟が見える。一人前になった息子のところへそろそろ客が来るようになったので体裁上必要になったものらしい。ポータブルがロンドンシーメンス会社で参観人へ広告に呉れる小唄を軋り出している。「明るい燭光の電球をつけましょう。そして、顔を――」どうしてこんな盤が日本へ入って来ているのだろう。此処の息子はあの電気会社の取引会社へ勤めでもしているのか。

松が古葉を黄色い茱萸の花の上へ落している。門の入口に請願巡査の小屋があってそれから道の両側に欅の並木があり、その先は折れ曲っているので玄関はどのくらい先にあるか判らない金持の邸の並木の欅五六本目のところでカーキ色の古ズボンを穿いた老人が乾した椎茸を裏返している。こんな町中で椎茸が栽培出来るのか。

金持の邸の玄関道が妙に曲っているのでそのカーヴの線と表通りの直線とに挟まれて三日月形になった空地がある。信託会社の分譲地の柱が立っている。ふさがっているのは表通りの右端の二区切りだけで、あとは古障子やら藁やら一ぱい散らかったまま空いている。それ等を踏んで子供が野球をやっている。空地を覘(うかが)うのは何国の子供も同じだ。ある夏ロンドンで珍らしい暑い日があった。兜帽(かぶとぼう)を冠った消防夫に列んで子供が頭から水管の水をかけて貰っていたのはやっぱり斯ういう建壊しのあとの空地だった。犬のお産を子供等に見せないように天幕張りをしてしまって居たのもロンドンの空地だった。

仲が好さそうにもあり、張り合ってるようにも見える二区切りの土地の上の洋館のけばけばしい安普請の一方には歯科医、一方にはダンス練習所の真鍮札がかかっている。お京さんはよく迷う女だ、斯ういう軒並を見せたら歯を癒(なお)して貰いに歯医者へ寄ってから練習所へ行こうかダンスの練習をすましてから歯医者にしようか。まじめになってわたしに相談するだろうと加奈子は思った。

また塀だ。今度のは灰色のセメントで築いてあり上に横に鼠色の筋を取ったものだ。灰色の面には雲のように白い斑(まだら)が出来ていて乾性の皮膚病のようにいかにも痒そうだ。人の影がぞろぞろつながって映って行く。加奈子にぶつかる男もある。気がつくと坂の下の交叉点で電車を降りて乗替えずにそのまま歩いて坂を上って来る人が沢山増した。午後四時過ぎ、東京という人口過多の都会の心臓はその血を休養の為めに四肢へ分散するのか。でなければこの都会の内臓は充血して化膿するだろう。

人の流れに逆らって歩るくちょっとした非興奮音楽的の行進曲。擦れ違うさまざまなヴォルトの人体電気。埃と髪油のにおい。――加奈子は午後四時過ぎが何故か懐かしい。巴里では凱旋門の方からシャンゼリゼーの右側の歩道を通って料理店ブーケの前を通って公園の方へ行こうとすると屹度こういう思いをした。ハンチングをかぶったアパッシュ風の男がズボンのポケットで歩るきながら銭をじゃらじゃらいわせる音。急に斜に外れて巴里昼間新聞を買う人の起すかすかな空気のうずまき。首尾よく流れを逆に上り切って桃色と白のカフェ・ローポアンで一休み。そこで喰べた胡桃の飴菓子。

だが日本の通行人は急ぐように見えてもテンポは遅い。それでいて激しい感じは一層する。二つずつ向って来る黒い瞳。奥底の知れぬ怜悧。カラーとネクタイが無くて襟の合せ目からシャツと胸の肉の覗く和服姿。男が女のように見えるインバネス。無言の二人連れ。アメリカ風の女の洋装。

加奈子のあとをつけて来た少年は流れの勢に押し流されもう見えなくなった。その代りにもっと小さい十三四の中学生が気付かれないように手に握ったボールを見つめているふりをしながら溝端の石の上を加奈子と並んで歩いて来る。ちょいちょい加奈子を横目でみるところはやっぱり加奈子をつけて来るのだ。

加奈子はショールの間から短い指の手を出して拡げて裏表を見せてやる。すると顔を赭くして急に駆け出した。

お京さんが夫のアンリーのところを逃げ出す前にお京さんは加奈子にこういったことがあった。

——異人さんと一緒にいると始終用心してなきゃならないのよ。いつ唇が飛びかかって来るか知れないから。

異人さんと一緒にいると我儘（わがまま）をいうのも時間制度よ。

アンリーはあたしを燃やし尽そうとする。菜種油で自動車を動かそうとする。

触って呉れずに愛して呉れたらねえ。

まわりの静まった夜なんか二人差し向いで居てふいと気がつくと、おや大変異人さんと一緒にいる。と逃げ出したくなることがあるのよ。

あなた異人さんのしょげたところ見た？　まるで子供よ。

異人さんの不器用な大股で日本の家の鴨居に頭をぶつけないように歩るく不器用さは初めはほんとに愛嬌があるけれど見慣れて嫌になり出すとてとても堪らないものよ。

異人さんはやきもちやきよ。

あの人、海苔を食べるのを稽古し出したのよ。

異人さんの愛情というものはくどいからすぐ腹が一ぱいになるけれども永持ちしないの。だからしょっちゅうちょいちょい食べなきゃならない。

この頃はお豆腐を食べても舌で味い分けられなくなったわ。始終脂（あぶら）っこいもののお相伴（しょうばん）をするせいよ。

それでいてお豆腐の味が忘れられないの。だからただ見ているの。

日本の男の人と話をしただけでも怒るのよ。

ツネリ方をわたしに習ってわたしをツネルのよ。

でも、どうしても日本の男の人とお友達になりたいの、それで子供ならいいというので子供のお友達をこしらえたものの十六の少年ではいけず、十四の少年でいけず十三の育ちの悪い直ぐ顔を赭くするような子をお友達に見つけたの。名前は線二って言うの。

加奈子は線二を一二度見た。それは加奈子が洋行する四五年前の日本の春の午後だった。お京さんはフランス人形と並べてその子の顔におしろいを塗ってやっていた。

道は下り坂になって来た。人々の帽子の上を越して電車の交叉点の混雑、それからまた向うへだらだら上りになる坂の見通し。右角に色彩を瓦屋根で蓋をしている果物屋があって左側には小さい公設市場のあるのが芝居の書割のように見えて嘘のようだ。欧米の高いもの広いものを見慣れて来て、その上、二十日間も涯なき海を渡って来た加奈子の視力はまたここで距離感を失った。

もし手前の坂の左側にある小さい魚屋の店先に閃めく、青い鯵やもっと青い鯖がなかったら加奈子は夢を踏んでその向う坂の書割の中に靴を踏み込めたかも知れない。だがその小魚たちは加奈子の眼の知覚を呼び覚して加奈子はその次の蕎麦屋に気がつき、その次の薬屋に気がつく。伯林のカイゼル・ウィルヘルム街の薬屋へ繕しに預けて置いたまま伯林を立ってしまったおしろいの噴霧筆はどうしたろう。

そこで横町へ曲った。加奈子の頭にはもう豆腐屋のことしか無かった。まだあの店はあるだろうか。永らく孀暮（やもめぐらし）をしていて、一人で豆をひいていたのだったが世話する者があって夫婦養子をしたところが入籍してしまってから養子たちは養母をひどくいじめだしたという近所の噂だった。その癖、その養子たちは人の好さそうなポカンとした顔つきをしていて、むしろいじめられる養母の方が鬼瓦のようなきりょうの年増であったが。

車の蔭に古簾が見え出して角の中に琴という字が書いてあった油障子はペンキ塗りの硝子戸に変っているが相変らず、さらし袋のかかっている店先の山椒の木の傍で子供が転んで泣いている背中を親鶏とヒヨコがあわてて跨（また）いで行く。

――しばらく。

加奈子は古簾に手をかけた。

――いらっしゃい。おや珍らしい。

そこに居たのは孀のお琴だ。手にビールのコップを持っている。

――みんな御無事？

――は　は　は　は　とうとうあの鬼奴らを追出してやりましたよ。裁判して勝ちましたよ。

あんた洋行なすったと聞きましたが、いつお帰り？

ビールを持つ手をやや体の蔭に隠す。

――四日ばかりまえ。

――おや、そうですか。まあどうぞお掛け。

お琴は手まめに上りはなの塵をはたいた。

――でもおばさん。よく思い切ったことしたのね。

――此頃の若いものにはおとなしくしているとつけ上がられると思いましてね。とうとう裁判所へ駆け込みましたよ。もっともそのまえに二三度首を吊ろうとはしてみましたがね。こんなぶきりょうな女の死にざまをあいつらに見せたら、さぞまた悪口の種になるだろうと思いますと死に切れませんでね。そこで死に身になって料簡を逆に取りましてね。

まえから幾らか酒がいけ、飲むと平常と違ってよくしゃべる女ではあったが今日は加奈子に久しぶりで逢った亢奮からまた余計にしゃべり度いらしかった。

――もっとも素直には鬼奴らはあたしを家から出しませんからね。あんかを蹴っくり返しましてね。あいつらが周章てて騒いでるうちに家を飛び出しましたよ。跣足ですよ。そして最初裁判所だと思って飛び込んだのが海軍省でしてね。

――おばさん、此頃毎日お酒なんか飲むの。

お琴は二つ三つわざと舌打ちして見せて、

――ええ、えい、毎日お酒も飲みますしね。亭主も持ちますしね。は　は　は　は　は。

「おばさんひらけたのね」

そこへ洋服に鞄を抱えて気が重そうな若い小男が入って来た。

——お前さん、お帰りかい。あなた、これがうちのです。

その男は横目でお琴のコップを睨みながら、気まずそうに頭を下げた。

——むかしっからよくごひいきにして頂いたんだよ。よくお叩頭(じぎ)してお礼を言いなさいよ。

それから加奈子に向って、

——この人、生意気に頭なんか分けてるんですよ、お婆の、かみさん持ってるくせに。

若い小男は急に頭を持上げて小声で怒鳴った。

——ばかッ——。また酔ぱらったな。

それからさっさと土間からかけてある梯子段(はしごだん)で向うむきのまま靴を脱ぎ、メリンスのカーテンの垂らしてある中二階へ上って行った。

——あんなに怒った顔をしていても直ぐに何でもなくなるんですよ。あたしゃ、すっかり男のこつを覚えましてね。今から考えるとやり方によっては先の亭主もあの養子野郎もあんなに増長させずに済んだと思いますよ。一たい男はおとなしい女は嫌いですね。

——おばさんお豆腐をこしらえる道具はどうしたの。

——あなたが洋行して居なさる間に世の中が変りましたね。いまこんな小さい豆腐屋では自分とこで品物はこしらえませんですよ。会社がありましてね、そこで大げさに製らえて分けるんです。あたし達はそこの会社の株主でもあり支店でもありますんでね。それから納豆も。

加奈子が差し出した手提げの菓子鉢をしきりに珍らしがったあとでお琴は真鍮の庖丁を薄く濁っている水の中へ差し入れ、ぶよぶよする四角い白い塊を鉢の中へ入れて呉れた。庖丁の腹で塊の頭を押えて大事そうに水を切る。

——おお、恐かった。こんな立派なものへお豆腐なんか入れるのは始めてですからね。ですがこうすると、とても引っ立ちますすね。まるでお豆腐には見えませんね。

加奈子が代価を払って店を出かけるときお琴はあわてて立って追って来た。

——あのロンドンにいるとかいうお豆腐屋さんはなかなかよすとか死ぬとかしそうにはありませんかね。

——まあ、どうして。

——いえね。もしそんなことでもあったら一つ向うへ押し渡って豆腐屋でも始めようと思いましてね。男っていうものは割合に変りもの好きですからね。飽きさせないようにするのが一苦労ですよ。とてもうちにはこどもなんか生れそうもありませんからね。

加奈子はこんなおしゃべり婆さんのところにいつまでもいたくなかった。早くお京さんに逢い度かった。お京さんへの土産に買って来た伊太利フローレンス製の大理石のモザイクが小さな箱に納まったブローチとなって加奈子のポケットへ忍ばせてあった。加奈子は婆さんのおしゃべりに飽き飽きして片方の手をコツンと箱にさわらせた。そして一方の手で豆腐をいれた皿にはめた黒い鉄の提げ手を取った。加奈子のショールの外へ出た丸い手の薄皮にはほんのり枝を分けて透けて見える静脈が黄昏（たそがれ）を感じて細くなってる。貧しい町を吹きさらして来た棒のような風が豆腐を慄わせる。加奈子は何となしの悲哀に薄く涙のにじんだ眼で眺めて、崖の上のテニスコートに落ちる帰朝後四日目の太陽を惜（お）しんだ。

日本の娘さんと正式の結婚をしたい。仏蘭西人アンリーのこういう願いからお京さんはアンリーに貰われた。アンリーはリヨンで王党の党員だったが矯激の振舞いがあったのでしばらくフランス縮緬（ちりめん）の輸出の仕事を請負って東洋へ来た。フランスから日本へは、たいした輸出品もないのだが、その中でも女の洋服地が一番崇高なものである。それで崇高な交易の途を追って日本へ来た。日本へ来てからは母国で矯激な振舞いなぞあったとも見えぬような律義な青年だった。千代田のお城の松をしきりに褒めていた。そうかといって丸の内に建て増す足場無しに積み上げて行くアメリカ式のビルデングも排斥はしなかった。あれだってやっぱり日本人が拵（こし）らえたところはよく見えますよ。細部の行き亘っているところがやっぱり日本の建築ですね。などと如才なく言って居た。

お京さんの家はちょっと大きい牛乳屋だった。×××種の牛を輸入して新聞に写真の広告を出していた。アンリーの家へも牛乳を入れていた。西洋人に異様な興味を持つ年頃であるお京さんは配達夫が持って行く牛乳の壜に日本の名所の絵葉書なぞ結びつけてやった。そんなことは一二度に過ぎなかったのだけれど、そのときアンリーから心付けを貰った配達夫はその後も自分で絵葉書を買って配達壜に結びつけお京さんの好意だといって心付けを貰った。そしてお京さんがアンリーを忘れてしまった時分にすっかり馴染みがついたつもりのアンリーはお京さんとその両親を晩餐に招いた。三人は行った。

それから本当に馴染がついてしまってアンリーもお京さんに嫁の望みを言い出せるようになった。お京さんはうかうかしていた。士族から率先して牛乳屋になった程の両親が外国人に望まれるということに誇りを感じ、かたがた若い西洋人のひとりものらしい肩のこけように義侠心を起し一人娘をやると決心した。

――うちの三代目はあいの子でさ。

父親は頭を掻きながら遇う人に結婚を吹聴した。

純粋の日本風でというので結婚式は大神宮の神式で行われた。白百合の五つ紋の黒紋付できちょうめんに坐ったアンリー。高島田に笄が飴色に冴えているお京さん。神殿の廊下の外には女子供が立集って、きゃきゃと騒いだ。加奈子もまじった。列席の二三の親しい友達は不思議な美にうたれた。

まわりのものの心配するほどのこともなく二人は日本人同志の新郎新婦のように順当に半年を過した。アンリーの覚束ない日本語。お京さんの覚束ないフランス語。その失敗だけが面白そうに友達に報告された。

半年を過したある日のこと加奈子は萩の餅を持ってお京さんの家を訪ねた。お京さんはテーブルの上で万年筆で習字をして居た。女学校で使った横文字の古い習字の手本が麻のテーブル掛けの上に載っていた。お京さんは萩の餅をフォークで西洋皿に取り分けながらいった。

——異人さんはやっぱり異人さんね。

取り分けた皿を三角戸棚の中へ蔵(しま)いに行くときお京さんの和服の着ようの腰から裾にかけてのしまりが無くなっていたのに加奈子は気付いた。西洋人の女優の扮するお蝶夫人の恰好になっていた。加奈子ははっと思った。それから行くたびに何かかにか愚痴が出るようになり、程なく遂々(とうとう)お京さんはアンリーから逃げ出した。行先を知っているのは母親と加奈子だけだった。父親は母親に押えられて強(しい)て居所も訊かなかった。

アンリーは狂気のようになって探し廻った。お京さんの実家へ訴えた。どうにもしようがなかった。国籍のことからまだ届けはしてなかったので公には出来なかった。

露地の中の隠れ住いを二ヶ月ばかりしてお京さんは身体の為めに海岸の療養院へ転地した。そこへ、お京さんが立つときと加奈子が洋行するときと殆んど一緒だったので両方忙しいなかを繰り合せて隅田川の流れに沿っている鰻(うなぎ)屋の二階で二人は訣(わか)れを惜んだ。お京さんは言った。

——人間に魂ってものがあるのでしょうか。

加奈子はこれによく答え得なかった。それとみてお京さんは返事を受取るのをやめて言った。

――人間に魂があるとしても、あたしの魂には何んだかすっかり殻のようなものが出来てしまってるようね。だからどっちへ向けても人の魂と触れた感じはしなくなってしまったのね。ああ、人間で魂と魂と触れ合うという感じはどんなものでしょう。

そうしてお京さんは加奈子の丸い手を執った。

――いまあたしにはこの手だけがほんとに物を握ってるように感じられるだけよ。

そう言ってお京さんはさめざめと泣いた。上げ潮の芥に横転縦転する白い鴎（かもめ）がビール会社の赤煉瓦（れんが）を夕暮にした。寂しい本所深川のけむり。

――とにかく西洋人というものをよく見きわめて来てあげましょう。

せめてこういうのが加奈子のお京さんに対するたった一つの慰めだった。

加奈子は欧洲の三都に移り住むごとにお京さんには簡単な手紙を出した。お京さんからは殆んど返信はなかった。然（しか）しいざ帰るというしらせを受取ると、子供のように早く早くという帰朝の催促状をよこした。そしてところも加奈子の家から七八町ばかりの裏町に家を借りて母親と住み出したらしい。アンリーは事情を承知して其の儘お京さんの病気が癒って戻って来るのを、ひとりのままで待っているという。

電車の通ったあとの夕闇に光ってごうごうと鳴る線路をゆるく駆けて通るときに、どうしたはずみか慄えて手提げのなかの豆腐にくぼみが出来たのをそのままにして向う横丁へ入ってお京さんの家を染物屋で聞くと、直ぐわかった。竹垣の外にちゃぼひばのある平家で山田流の琴が鳴っている。加奈子は格子を開けて言った。

——お京さん。あたしよ。帰ってよ。

すぐ琴がとまった。

——アントレ！

そして飛びついて来たお京さんの勢いで折角の豆腐はこなごなになった。お京さんの病気はまだすっかりなおって居ない。そして少し気の狂った病的な円熟が中年の美女のいろ艶を一層凄艶にして居た。

「あなたに逢って何もかもうれしい」

そして、そこの襖(ふすま)を開けて出て来た少年に向って言った。

——喜与司さん、このお方のお手々に握手なさい。

加奈子の丸い手が少年の濡れてるように、しなやかな小さい手と握り合った。加奈子はそれがさっき加奈子のあとを二度目につけた少年であることを発見した。

山峡の凧　牧野信一

一

百足凧（むかで）と称する奇怪なかたちの凧は、殆ど人に知られてゐないらしい。竜凧といふのは去年も日比谷で挙げられたが、それよりも稍かたちが小さく、凡そ構造は似てゐるが、それよりもはつきりと日本趣味のもので滑稽味に富んでゐた。風車仕掛の金色の眼玉と赤く長い舌と馬の尻尾の鬚を持ち、団扇型の胴片が左右に棕梠の毛を爪と擬した節足を四十余片つなぎ合せて、空に浮游するとまことに節足類のうごめくさまを髣髴（ほうふつ）させた。金紙の眼玉が燗々と陽に輝き、赤く長い舌がぺらぺらと微風に翻つた。

いつか、凧に関する何かの文献を読んだ時、この凧は昔湘南地方の一部で挙げられ、現今では殆ど姿を没して居るとあり、尚その製作者は相州小田原町に唯一人生存してゐるさうだが名は解つて居らぬとあつた。わたしも、その唯一人といふ製作者の名は知らぬが、その地方では今でも極めて稀に冬の青空に見出すことがあり、わたしも現在その一体を所有してゐる。小田原の町から五六里北へ踏み込み、足柄山の麓にある矢倉沢村といふところの乙鳥音吉なる老人が、わたしの幼少の頃にもこれを作つてわたしに贈つたが、近年——と云つてももう六七年も前のことだが、急にわたしはそれを欲しくなつて、矢倉沢村を訪れたのである。乙鳥音吉はわたしの幼少の時にもチヨンまげをつけた相当の爺いさんに見えたが、いつか訪れた時もやはり同じやうな感じの頬のこけた鷲鼻の顎の長い爺いさんで、禿頭の後頭部に川蜻蛉のやうに小つぽけなチヨンまげを結んでゐた。たゞ昔と明らかに変るところは、完全な聾者になつてゐたことである。わたしは、その時も一ト月あまりも彼の屋敷に滞在して製作の助手をつとめ、その後も何故か冬になると、聾者の爺いさんと酒を酌む静けさが慕はれて、遥々と馬に乗つて訪れた。わたしはその家の一室に机を構えてゐた。

静かな小春日がつゞいてゐた。音吉が百足の頭部を、そしてわたしが尾端を恭しくさゝげ霜柱を踏みながら、収穫れの済んでゐる芋畑の丘に登つた。わたしは丘の頂上に凧をさゝへて立ち、音吉は坂のふちで糸をとつて、風を待つのであつた。どんな風を待つのか、一向わたしにはそれらしいものも感ぜられないうちに、稍暫く天を仰いで呼吸を見はからつてゐる音吉は、間もなくカケスのやうな叫びをあげて合図の腕を振つた。全く、わたしには風などは解らぬまゝながら、それと同時に、わたしは六尺ちかくも凧と一処に飛びあがつて手を離すのであつた。と音吉は、一歩でもその場を動くことなしに、素早く五六回も糸を腕一杯にたぐつたかと見ると、ムカデはもう松の木の上に胴体をうねらせ徐ろに丘の向方に落ちかゝるのであつた。あはやその尾端が地に接しようとすると、音吉はまた大きく腕一杯に糸をたぐり、再び凧が松の木の上に泳ぎ出すと、徐ろに糸を伸ばした。ほんの三四回それを繰返すうちに最早ムカデは完全に天空高く浮き出し、伸ばせば伸ばす程悠々と高く、海抜三千尺の矢倉岳の頂きよりも遥かに見える空に登つて、この眺めは一目万両とでも唸つてゐるかのやうであつた。凧糸は三升笊に一杯とぐろを巻き渋を引いた強靭の長さで、笊が空になるころには凧はもう実物のムカデのやうに小さく見えたが、それでも眼玉の光りや舌の面白さや鬚の立派さや、そして節足の一本一本までが絵彩た如く物々しく仰がれた。

二

ムカデ凧の上げ方は、余程の練達を要すると見え、従つて其処に興味も深い仕儀ではある。わたしは特に凧上げの技巧が不器用とも思はれなかつたが、ムカデ凧を上げるには何時も余程の苦心を余儀なくされた。音吉の手にかゝるとあんなに他易く上り付いたが、わたしが此度は音吉に代つて糸をとり、合図を待つて、音吉のやうにその場で糸をたぐらうとする態の巧者を真似ようとしても、凧は地を舐めて引きずられるばかりで、いつかな空へなどのしたこともなく、忽ち此方の両腕ばかりが櫂のやうにしびれるだけだつた。寄んどころなくわたしは跣足になつてものゝ一丁あまりもあらうといふ急坂を芋畑の上から下まで糸を引いたまゝ一散に駈け降りるのであつた。それで辛うじて松の木の上ぐらゐまで上つたかとおもふのも束の間で、息切れを休めるうちには、とうにもう凧は地に落ちかゝつてゐた。音吉は、墜落の為にそれが破損することを何よりも怕れ、両腕の上に落ちて来る凧をうけようとして、上を仰ぎながら踊るやうな恰好で待ちうけた。凧は彼の近くに達すると、恰で甘えかゝるやうにうねりながら、ぐつたりとその腕の中に身を任せた。

音吉のコーチがあつてさへ、そんな態だつたから、もとよりわたしはあきらめて、上げるといふよりも、如何にもその組立がおもしろく、彩色の具合も華麗なので、壁か天井に飾つて置きたいのだ――などと負惜しみを云つた。仲すと八畳間の天井を隅から隅へ斜めに掛けても尾端は鴨居の下迄垂れさがつた。二条に岐(わか)れた長い銀色の尻尾であつた。そして例の舌と鬚をもつた怖ろしげな頭(かしら)が、恰度(ちやうど)音吉とわたしが向き合つて酒などを酌み交す囲炉裡の真上に赤い口腔(くち)をあけてゐた。わたしは余念もなさゝうに折々それを見あげて飾りものを悦んでゐる風を装つてゐたが、やはり内心では、これが若し自分の手で他易くも思ひに任せて難なく上げられたならば何んなに愉快であらうか！　と、音吉の力量を羨望する念が強かつた。

「やはり、これも練習かね？」

とわたしは、音吉の聾(つんぼ)の耳に口を寄せたり、その意味を手真似で示しながら訊ねた。

「お前さんは不器用の上に、気忙し過ぎるから、容易な辛棒ではなからう。」

音吉は一向わたしに望みを持たぬ気であつた。

「ともかく――」

とわたしは、然し望みを棄てたがらなかつた。「いくら不器用でも気永に落着きさへすれば、上げられるやうにはなるだらう？」

音吉は、

「いつのことやら……」

と苦笑するだけだつた。

彼は去年の春、老衰病で歿くなつた。八十八歳で、一生涯薬を服んだ験がなく、その時も医者の手にもかゝらなかつたさうである。彼の道具箱から、わたしはムカデ凧の図取りを見つけ出した。絵は仲々器用で、絵具の配合なども大胆に見えたが、文字は自分の名前も書けなかつたくらゐであつたから、何の図取りにも説明がついてゐないのである。尤もわたしは屢々彼の助手をつとめたことがあるので大体の想像はつくが、到底風を切つて雲に泳ぐほどの凧を作る自信は毛頭も持てぬのである。小田原には、唯一人といふのではなく、未だ三人の人が残つてゐるさうである。直接にわたしは彼等を知らぬので、乙鳥音吉に比べて孰れが名手かも不明である。

三

またわたしは凧の風が吹きそめる頃から矢倉沢の、天井にムカデ凧が掛つてゐる炉端に赴いた。試みに、たつた一度それを持ち出して裏山へ登つたが、手伝ひの子供連さへが愛想を尽して嗤ふばかりで、埒もなかつた。わたしは、さういふ才分に欠けてゐるとあきらめかゝつた。加けに疳癪を起して荒々しく地面を引きずつたので、あちこちと破損の個所が大きく、どうやら小田原へ運んで残存者の手でも病はさぬ限りは手の配しやうもない無残な凧と化してしまつた。

わたしは、主にひとりで炉端の酒を酌みながら、天井の破れ凧を見あげた。わたしと乙鳥音吉とはどんなに夜更まで炉端に坐禅を組んだ後でも、朝ともなつて麗かな陽が紫色の山々を染め出してゐる日和を見定めると、とるものもとりあへず大ムカデを担いで裏山へ登つたものだ。憶ひ出の中では飴色の光りが輝き、青空にくつきりとそびえた山々の青肌に翼を拡げた鶴のやうなかたちの雪の痕が点々と望まれる和やかな冬の日ばかりが続いてゐるが、案外にもこのあたりの朝は、早朝から達磨型の矢倉岳を吹き降す烈風が麓の部落に渦を巻く日が多く、滅多に絶好の凧上げ日和などは見出せなかつた。それ故音吉もわたしも稀に左ういふ朝に出遇ふと胸を躍らせて自慢の凧を担ぎ出したわけなのである。頭をさゝげた音吉が先に立ち、わたしは尻尾と凧糸の笊を抱へて、物をも云はず坂を登つた。音吉の腰には、酒を詰めた瓢箪が脚どりに伴れて揺れてゐた。矢倉岳の天辺よりも高く望める天空にムカデが静かに遊ぶのを眺めながら、凧糸の末端を杉の幹にしばつたまゝ、音吉は瓢箪をかたむけた。わたしは枯枝を焚き、その傍らで折々居眠りをしたが、何時眼を醒して見ても、音吉は放心的な眼を挙げて遥かの凧を視詰めてゐた。会話の為には最も誇張的な身振り手振りをしなければ意味の通じ難い相手であつたから、わたしは終日はなしかけぬ時の方が多かつた。

この頃わたしは炉端にひとり坐つて、天井の凧を眺めてゐると、何うせ物言はぬ音吉の気合ひを感ずるやうである。破目を洩る風が冷く焚火の上をかすめた。わたしは丘の上の凧日和を夢見つゞけるばかりであつた。――時々晴れた朝に出遇ふと、わたしは裏山へ杖を曳いた。霜柱が深く遠方の山には雪の斑点を見た。上げ手の姿は見えないがウナリを取りつけたダルマ凧があがつてゐた。トンビ凧が二ツ三ツお辞儀をしながら川向ふの土堤に添つて舞ひ散つてゐた。見渡す限り電信柱も見えぬ高原地帯のために、凧上げは昔ながらの古風な方法で、角凧とデルマ凧は糸の中途に、ガンギリと杯ばれる刃物を付けて凄烈な切り合ひを演じた。低空のトンビや蝉凧や奴凧が、応援隊の如くに二体の勇者をとりまいてゐた。勿論、未だ方々の凧の出揃ふ時でもなく、子供の遊びに違ひなかつたが、それにしても刻々に凧の数は増してゐたものゝ、決してムカデ凧の現れることはなかつた。たしか、わたしの部屋のだけがたつた一つの凧ではなかつた筈だが、その日その日を期待しても何処の一隅からもあの物凄い目玉の凧は游ぎ出さなかつた。若しかするとこの村中であの凧の、、ツリを掛け得る人物は乙鳥音吉独りだつたのか、それとも他の連中は悉くわたし同様に不器用の上に気忙しい不適任者で、徒らに空を眺めて嘆を久しうしてゐるのか、左ういふ連中と一夜囲炉裡を囲んで座談会を催し度いものだ――とわたしは呟いた。

太郎坊

幸田露伴

見るさえまばゆかった雲の峰は風に吹き崩されて夕方の空が青みわたると、真夏とはいいながらお日様の傾くに連れてさすがに凌ぎよくなる。やがて五日頃の月は葉桜の繁みから薄く光って見える、その下を蝙蝠が得たり顔にひらひらとかなたこなたへ飛んでいる。

主人は甲斐甲斐しくはだし尻端折で庭に下り立って、蝉も雀も濡れよとばかりに打水をしている。丈夫づくりの薄禿の男ではあるが、その余念のない顔付はおだやかな波を額に湛えて、今は充分世故に長けた身のもはや何事にも軽々しくは動かされぬというようなありさまを見せている。細君は焜炉を煽いだり、庖丁の音をさせたり、忙がしげに台所をゴトツカせている。主人が跣足になって働いているというのだから細君が奥様然と済してはおられぬはずで、こういう家の主人というものは、俗にいう罰も利生もある人であるによって、人の妻たるだけの任務は厳格に果すように馴らされているのらしい。

下女は下女で碓のような尻を振立てて縁側を雑巾がけしている。

まず賤しからず貴からず暮らす家の夏の夕暮れの状態としては、生き生きとして活気のある、よい家庭である。

主人は打水を了えて後満足げに庭の面を見わたしたが、やがて足を洗って下駄をはくかとおもうとすぐに下女を呼んで、手拭、石鹸、湯銭等を取り来らしめて湯へいってしまった。返って来ればチャンと膳立てが出来ているというのが、毎日毎日版に摺ったように定まっている寸法と見える。

やがて主人はまくり手をしながら茹蛸のようになって帰って来た。縁に花蓙が敷いてある、提煙草盆が出ている。ゆったりと坐って烟草を二三服ふかしているうちに、黒塗の膳は主人の前に据えられた。水色の天具帖で張られた籠洋燈は坐敷の中に置かれている。ほどよい位置に吊された岐阜提灯は涼しげな光りを放っている。

庭は一隅の梧桐の繁みから次第に暮れて来て、ひょろ松檜葉などに滴る水珠は夕立の後かと見紛うばかりで、その濡色に夕月の光の薄く映ずるのは何とも云えぬすがすがしさを添えている。主人は庭を渡る微風に袂を吹かせながら、おのれの労働が為り出した快い結果を極めて満足しながら味わっている。

ところへ細君は小形の出雲焼の燗徳利を持って来た。主人に対って坐って、一つ酌をしながら微笑を浮べて、

「さぞお疲労でしたろう。」

と云ったその言葉は極めて簡単であったが、打水の涼しげな庭の景色を見て感謝の意を含めたような口調であった。主人はさもさも甘そうに一口啜って猪口を下に置き、

「何、疲労るというまでのことも無いのさ。かえって程好い運動になって身体の薬になるような気持がする。そして自分が水を与ったので庭の草木の勢いが善くなって生々として来る様子を見ると、また明日も水撒をしてやろうとおもうのさ。」

と云い了ってまた猪口を取り上げ、静に飲み乾して更に酌をさせた。

「その日に自分が為るだけの務めをしてしまってから、適宜の労働をして、湯に浴って、それから晩酌に一盃飲ると、同じ酒でも味が異うようだ。これを思うと労働ぐらい人を幸福にするものは無いかも知れないナ。ハハハハハ。」

と快げに笑った主人の面からは実に幸福が溢るるように見えた。

膳の上にあるのは有触れた鯵の塩焼だが、ただ穂蓼を置き合せたのに、ちょっと細君の心の味が見えていた。主人は箸を下して後、再び猪口を取り上げた。

「アア、酒も好い、下物も好い、お酌はお前だし、天下泰平という訳だな。アハハハハ。だがご馳走はこれっきりかナ。」

「オホホ、厭ですネエ、お戯謔なすっては。今鴫焼を拵えてあげます。」

と細君は主人が斜ならず機嫌のよいので自分も同じく胸が闊々とするのでもあろうか、極めて快活に気軽に答えた。多少は主人の気風に同化されているらしく見えた。

そこで細君は、

「ちょっとご免なさい。」

と云って座を立って退いたが、やがて鴫焼を持って来た。主人は熱いところに一箸つけて、

「豪気豪気。」

と賞翫した。

「もういいからお前もそこで御飯を食べるがいい。」

と主人は陶然とした容子で細君の労を謝して勧めた。

「はい、有り難う。」

と手短に答えたが、思わず主人の顔を見て細君はうち微笑みつつ、

「どうも大層いいお色におなりなさいましたね、まあ、まるで金太郎のようで。」

と真に可笑そうに云った。

「そうか。湯が平生に無く熱かったからナ、それで特別に利いたかも知れない。ハハハハ。」

と笑った主人は、真にはや大分とろりとしていた。が、酒呑根性で、今一盃と云わぬばかりに、猪口の底に少しばかり残っていた酒を一息に吸い乾してすぐとその猪口を細君の前に突き出した。その手はなんとなく危げであった。

細君が静かに酌をしようとしたとき、主人の手はやや顫えて徳利の口へカチンと当ったが、いかなる機会か、猪口は主人の手をスルリと脱けて縁に落ちた。はっと思うたが及ばない、見れば猪口は一つ跳って下の靴脱の石の上に打付って、大片は三ツ四ツ小片のは無数に砕けてしまった。これは日頃主人が非常に愛翫しておった菫花の模様の着いた永楽の猪口で、太郎坊太郎坊と主人が呼んでいたところのものであった。アッとあきれて夫婦はしばし無言のまま顔を見合せた。

今まで喜びに満されていたのに引換えて、大した出来ごとではないが善いことがあったようにも思われないからかして、主人は快く酔うていたがせっかくの酔も興も醒めてしまったように、いかにも残念らしく猪口の欠けを拾ってかれこれと継ぎ合せて見ていた。そして、

「おれが醺っていたものだから。」

と誰に対って云うでも無く独語のように主人は幾度も悔んだ。

細君はいいほどに主人を慰めながら立ち上って、更に前より立優った美しい猪口を持って来て、

「さあ、さっぱりとお心持よく此盃で飲って、そしてお結局になすったがようございましょう。」

と慇懃に勧めた。が、主人はそれを顧みもせずやっぱり毀れた猪口の砕片をじっと見ている。

細君は笑いながら、

「あなたにもお似合いなさらない、マアどうしたのです。そんなものは仕方がありませんから捨てておしまいなすって、サアーツ新規に召し上れな。」

という。主人は一向言葉に乗らず、

「アア、どうも詰まらないことをしたな。どうだろう、もう継げないだろうか。」

となお未練を云うている。

「そんなに細かく毀れてしまったのですから、もう継げますまい。どうも今更仕方はございませんから、諦めておしまいなすったがようございましょう。」

という細君の言葉は差当って理の当然なので、主人は落胆したという調子で、

「アア諦めるよりほか仕方が無いかナア。アアアア、物の命数には限りがあるものだナア。」

と悵然として嘆じた。

細君はいつにない主人が余りの未練さをやや訝りながら、

「あなたはまあどうなすったのです、今日に限って男らしくも無いじゃありませんか。いつぞやお鍋が伊万里の刺身皿の箱を落して、十人前ちゃんと揃っていたものを、毀したり傷物にしたり一ツも満足の物の無いようにしました時、傍で見ていらしって、過失だから仕方がないわ、と笑って済ましておしまいなすったではありませんか。あの皿は古びもあれば出来も佳い品で、価値にすればその猪口とは十倍も違いましょうに、それすら何とも思わないでお諦めなすったあなたが、なんだってそんなに未練らしいことを仰しゃるのです。まあ一盃召し上れな、すっかり御酒が醒めておしまいなすったようですね。」

と激まして慰めた。それでも主人はなんとなく気が進まぬらしかった。しかし妻の深切を無にすまいと思うてか、重々しげに猪口を取って更に飲み始めた。けれども以前のように浮き立たない。

「どうもやはり違った猪口だと酒も甘くない、まあ止めて飯にしようか。」

とやはり大層沈んでいる。細君は余り未練すぎるとややたしなめるような調子で、

「もういい加減にお諦らめなさい。」

ときっぱり言った。

「ウム、諦めることは諦めるよ。だがの、別段未練を残すのなんのというではないが、茶人は茶碗を大切にする、飲酒家は猪口を秘蔵にするというのが、こりゃあ人情だろうじゃないか。」

「だって、今出してまいったのも同じ永楽ですよ。それに毀れた方はざっとした菫花の模様で、焼も余りよくありませんが、こちらは中は金襴地で外は青華で、工手間もかかっていれば出来もいいし、まあ永楽という中にもこれ等は極上という手だ、とご自分で仰やった事さえあるじゃあございませんか。」

「ウム、しかしこの猪口は買ったのだ。去年の暮におれが仲通の骨董店で見つけて来たのだが、あの猪口は金銭で買ったものじゃあないのだ。」

「ではどうなさったのでございます。」

「ヤ、こりゃあ詰らないことをうっかり饒舌った。ハハハハハ。」

と紛らしかけたが、ふと目を挙げて妻の方を見れば妻は無言で我が面をじっと護っていた。主人もそれを見て無言になってしばしは何か考えたが、やがて快活な調子になって、

「ハハハハハハ。」

と笑い出した。その面上にははや不快の雲は名残無く吹き掃われて、その眼は晴やかに澄んで見えた。この僅少の間に主人はその心の傾きを一転したと見えた。

「ハハハハハ、云うてしまおう、云うてしまおう。一人で物をおもう事はないのだ、話して笑ってしまえばそれで済むのだ。」

と何か一人で合点した主人は、言葉さえおのずと活気を帯びて来た。

「ハハハハハ、お前を前に置いてはちと言い苦い話だがナ。実はあの猪口は、昔おれが若かった時分、アア、今思えば古い、古い、アアもう二十年も前のことだ。おれが思っていた女があったが、ハハハハ、どうもチッと馬鹿らしいようで真面目では話せないが。」

と主人は一口飲んで、

「まあいいわ。これもマア、酒に酔ったこの場だけの坐興で、半分位も虚言を交ぜて談すことだと思って聞いていてくれ。ハハハハハ。まだ考のさっぱり足りない、年のゆかない時分のことだ。今思えば真実に夢のようなことでまるで茫然とした事だが、まあその頃はおれの頭髪もこんなに禿げてはいなかったろうというものだし、また色も少しは白かったろうというものだ。何といっても年が年だから今よりはまあ優しだったろうさ、いや何もそう見っともなく無かったからという訳ばかりでも無かったろうが、とにかくある娘に思われたのだ。思えば思うという道理で、性が合ったとでもいう事だったが、先方でも深切にしてくれる、こっちでもやさしくする。いやらしい事なぞはちっとも口にしなかったが、胸と胸との談話は通って、どうかして一緒になりたい位の事は互に思い思っていたのだ。ところがその娘の父に招ばれて遊びに行った一日の事だった、この盃で酒を出された。

まだその時分は陶工の名なんぞ一ツだって知っていた訳では無かったが、ただ何となく気に入ったので切とこの猪口を面白がると、その娘の父がおれに対って、こう申しては失礼ですが此盃がおもしろいとはお若いに似ずお目が高い、これは佳いものではないが了全の作で、ざっとした中にもまんざらの下手が造ったものとは異うところもあるように思っていました、と悦んで話した。そうすると傍に居た娘が口を添えて、大層お気に入ったご様子ですが、お気に召しましたのは其盃の仕合せというものでございます、宜しゅうございますからお持帰下さいまし、失礼でございますけれど差上げとうございます、ねえお父様、進上げたっていいでしょう、と取りなしてくれた。もとより惜むほどの貴いものではなし、差当っての愛想にはなる事だし、また可愛がっている娘の言葉を他人の前で挫きたくもなかったからであろう、父は直に娘の言葉に同意して、自分の膳にあった小いのをも併せて贈ってくれた。その時老人の言葉に、菫のことをば太郎坊次郎坊といいまするから、この同じような菫の絵の大小二ツの猪口の、大きい方を太郎坊、小さい方を次郎坊などと呼んでおりましたが、一ツ離して献げるのも異なものですから二つともに進じましょう、というのでついに二つとも呉れた。その一つが今壊れた太郎坊なのだ。そこでおれは時々自分の家で飲む時には必らず今の太郎坊と、太郎坊よりは小さかった次郎坊とを二ツならべて、その娘と相酌でもして飲むような心持で内々人知らぬ楽みをしていた。またたまにはその娘に逢った時、太郎坊があなたにお眼にかかりたいと申しておりました、などと云って戯れたり、あの次郎坊が小生に対って、早く元のご主人様のお嬢様にお逢い申したいのですが、いつになれば朝夕お傍に居られるような運びになりましょうかなぞと責め立てて困りまする、と云って紅い顔をさせたりして、真実に罪のない楽しい日を送っていた。」

と古えの賤の苧環繰り返して、さすがに今更今昔の感に堪えざるもののごとく我れと我が額に手を加えたが、すぐにその手を伸して更に一盃を傾けた。

「そうこうするうち次郎坊の方をふとした過失で毀してしまった。アア、二箇揃っていたものをいかに過失とは云いながら一箇にしてしまったが、ああ情無いことをしたものだ、もしやこれが前表となって二人が離ればなれになるような悲しい目を見るのではあるまいかと、痛くその時は心を悩ました。しかし年は若し勢いは強い時分だったからすぐにまた思い返して、なんのなんの、心さえ慥なら決してそんなことがあろうはずはないと、ひそかに自から慰めていた。」

と云いかけて再び言葉を淀ました。妻は興有りげに一心になって聞いている。庭には梧桐を動かしてそよそよと渡る風が、ごくごく静穏な合の手を弾いている。

「頭がそろそろ禿げかかってこんなになってはおれも敵わない。過般も宴会の席で頓狂な雛妓めが、あなたのお頭顱とかけてお恰好の紅絹と解きますよ、というから、その心はと聞いたら、地が透いて赤く見えますと云って笑い転げたが、そう云われたッて腹も立てないような年になって、こんなことを云い出しちゃあ可笑いが、難儀をした旅行の談と同じことで、今のことじゃあ無いからなにもかも笑って済むというものだ。で、マア、その娘もおれの所へ来るという覚悟、おれも行末はその女と同棲になろうというつもりだった。ところが世の中のお定まりで、思うようにはならぬ骰子の眼という習いだから仕方が無い、どうしてもこうしてもその女と別れなければならない、強いて情を張ればその娘のためにもなるまいという仕誼に差懸った。今考えても冷りとするような突き詰めた考えも発さないでは無かったが、待てよ、あわてるところで無い、と思案に思案して生きは生きたが、女とはとうとう別れてしまった。ああ、いつか次郎坊が毀れた時もしやと取越苦労をしたっけが、その通りになったのは情け無いと、太郎坊を見るにつけては幾度となく人には見せぬ涙をこぼした。が、おれは男だ、おれは男だ、一婦人のために心を労していつまで泣こうかと思い返して、女々しい心を捨ててしきりに男児がって諦めてしまった。しかし歳が経っても月が経っても、どういうものか忘れられない。別れた頃の苦しさは次第次第に忘れたが、ゆかしさはやはり太郎坊や次郎坊の言伝をして戯れていたその時とちっとも変らず心に浮ぶ。気に入らなかったことは皆忘れても、いいところは一つ残らず思い出す、未練とは悟りながらも思い出す、どうしても忘れきってしまうことは出来ない。そうかと云ってその後はどういう人に縁付いて、どこにその娘がどう生活しているかということも知らないばかりか、知ろうとおもう意も無いのだから、無論その女をどうこうしようというような心は夢にも持たぬ。無かった縁に迷いは惹かぬつもりで、今日に満足して平穏に日を送っている。ただ往時の感情の遺した余影が太郎坊の湛える酒の上に時々浮ぶというばかりだ。で、おれはその後その娘を思っているというのではないが、何年後になっても折節は思い出すことがあるにつけて、その往昔娘を思っていた念の深さを初めて知って、ああこんなにまで思い込んでいたものがよくあの時に無分別をもしなかったことだと悦こんでみたり、また、これほどに思い込んでいたものでも、無い縁は是非が無いで今に至ったが、天の意というものはさて測られないものではあると、なんとなく神さまにでも頼りたいような幽微な感じを起したりするばかりだった。お前が家へ来てからももうかれこれ十五六年になるが、おれが酒さえ飲むといえばどんな時でも必らずあの猪口で飲むでいたが、談すには及ばないことだからこの仔細は談しもしなかった。この談は汝さえ知らないのだもの誰が知っていよう、ただ太郎坊ばかりが、太郎坊の伝言をした時分のおれをよく知っているものだった。ところでこの太郎坊も今宵を限りにこの世に無いものになってしまった。その娘はもう二十年も昔から、存命えていることやら死んでしもうたことやらも知れぬものになってしまう、わずかに残っていたこの太郎坊も土に帰ってしまう。花やかで美しかった、暖かで燃え立つようだった若い時のすべての物の紀念といえば、ただこの薄禿頭、お恰好の紅絹のようなもの一つとなってしもうたかとおもえば、はははは、月日というものの働きの今更ながら強いのに感心する。人の一代というものは、思えば不思議のものじゃあ無いか。頭が禿げるまで忘れぬほどに思い込んだことも、一ツ二ツと轄が脱けたり輪が脱れたりして車が亡くなって行くように、だんだん消ゆるに近づくというは、はて恐ろしい月日の力だ。身にも替えまいとまでに慕ったり、浮世を憂いとまでに迷ったり、無い縁は是非もないと悟ったりしたが、まだどこともなく心が惹かされていたその古い友達の太郎坊も今宵は摧けて亡くなれば、恋も起らぬ往時に返った。今の今まで太郎坊を手放さずおったのも思えば可笑しい、その猪口を落して摧いてそれから種々と昔時のことを繰返して考え出したのもいよいよ可笑しい。ハハハハ、水を弄べば水を得るのみ、花の香は虚空に留まらぬと聞いていたが、ほんとにそうだ。ハハハハ。どれどれ飯にしようか、長話をした。」

と語り了って、また高く笑った。今は全く顔付も冴えざえとした平生の主人であった。細君は笑いながら聞き了りて、一種の感に打たれたかのごとく首を傾けた。

「それほどまでに思っていらしったものが、一体まあどうして別れなければならない機会になったのでしょう、何かそれには深い仔細があったのでしょうが。」

とは思わず口頭に迸った質問で、もちろん細君が一方ならず同情を主人の身の上に寄せたからである。しかし主人はその質問には答えなかった。

「それを今更話したところで仕方がない。天下は広い、年月は際涯無い。しかし誰一人おれが今ここで談す話を虚言だとも真実だとも云い得る者があるものか、そうしてまたおれが苦しい思いをした事を善いとも悪いとも判断してくれるものが有るものか。ただ一人遺っていた太郎坊は二人の間の秘密をも悉しく知っていたが、それも今亡しくなってしまった。水を指さしてむかしの氷の形を語ったり、空を望んで花の香の行衛を説いたところで、役にも立たぬ詮議というものだ。昔時を繰返して新しく言葉を費したって何になろうか、ハハハハ、笑ってしまうに越したことは無い。云わば恋の創痕の痂が時節到来して脱れたのだ。ハハハハ、大分いい工合に酒も廻った。いい、いい、酒はもうたくさんだ。」

と云い終って主人は庭を見た。一陣の風はさっと起って籠洋燈の火を瞬きさせた。夜の涼しさは座敷に満ちた。

編者 Profile

なみ

朗読家
写真家
虹色社 近代文学叢書 編集長

本作のご感想や執筆関連のお仕事のご依頼等は、
メールアドレス info@nanairosha.jp まで、
お待ちしております。

近代文学叢書Ⅴ　すぽっとらいと 酒

2022年 7月22日　第1刷発行

編集者　　なみ
発行者　　山口和男
発行所 / 印刷所 / 製本所　虹色社
〒169-0071 東京都新宿区戸塚町 1-102-5 江原ビル 1階
電話　03（6302）1240

本文組版 / 編集 / 撮影　なみ
取材協力　Bar Assist

ISBN 978-4-909045-46-1
定価はカバーに表記しています。
乱丁本、落丁本はお取り替えいたします。

784909045461
920093025003
ISBN978-4-909045-46-1
C0093 ¥2500E
定価：本体 2,500 円＋税

近代文学叢書Ⅴ
すぽっとらいと　酒